文春文庫

無《む》月《げつ》ノ橋《はし》

居眠り磐音（十一）決定版

佐伯泰英

JN151722

文藝春秋

目次

「居眠り磐音」主な登場人物

坂崎磐音《さかざきいわね》
元豊後関前藩士の浪人。藩の剣道場、神伝一刀流の中戸道場を経て、江戸の佐々木道場で剣術修行をした剣の達人。

小林奈緒《こばやしなお》
磐音の幼馴染みで許婚《いいなずけ》だった。琴平、舞の妹。小林家廃絶後、遊里に身売りし、江戸・吉原で花魁《おいらん》・白鶴《はっかく》となる。

坂崎正睦《さかざきまさよし》
磐音の父。豊後関前藩の国家老。藩財政の立て直しを担う。妻は照埜《てるの》。

福坂実高《ふくさかさねたか》
豊後関前藩の藩主。従弟の利高《としたか》は江戸家老。

中居半蔵《なかいはんぞう》
豊後関前藩の藩物産所組頭。

金兵衛《きんべえ》
江戸・深川で磐音が暮らす長屋の大家。

おこん
金兵衛の娘。今津屋に奥向きの女中として奉公している。

鉄五郎《てつごろう》
鰻屋「宮戸川」の親方。妻はさよ。

幸吉《こうきち》　深川・唐傘《からかさ》長屋の叩き大工磯次《いそじ》の長男。「宮戸川」に奉公。

今津屋吉右衛門《いまづやきちえもん》　両国西広小路に両替商を構える商人。

由蔵《よしぞう》　今津屋の老分番頭。

織田桜子《おださくらこ》　因幡鳥取藩の大寄合・織田宇多右衛門《うたえもん》の娘。

佐々木玲圓《ささきれいえん》　神保小路に直心影流の剣術道場・佐々木道場を構える磐音の師。

速水左近《はやみさこん》　将軍近侍の御側衆。佐々木玲圓の剣友。

品川柳次郎《しながわりゅうじろう》　北割下水の拝領屋敷に住む貧乏御家人の次男坊。母は幾代《いくよ》。

竹村武左衛門《たけむらぶざえもん》　南割下水吉岡町の長屋に住む浪人。妻・勢津《せつ》と四人の子持ち。

笹塚孫一《ささづかまごいち》　南町奉行所の年番方与力。

木下一郎太《きのしたいちろうた》　南町奉行所の定廻り同心。

竹蔵《たけぞう》　そば屋「地蔵蕎麦」を営む一方、南町奉行所の十手を預かる。

北尾重政《きたおしげまさ》　絵師。版元の蔦屋重三郎《つたやじゅうざぶろう》と組み、白鶴を描いて評判に。

中川淳庵《なかがわじゅんあん》　若狭小浜藩の蘭医。医学書『ターヘル・アナトミア』を翻訳。

『居眠り磐音』江戸地図

新吉原
山谷堀
寛永寺
上野
不忍池
待乳山聖天社
浅草
向島
浅草寺
業平橋
吾妻橋
品川家
十間川
北割下水
本所
天神橋
法恩寺橋
竹村家
南割下水
柳原土手
両国橋
横川
金的銀的
今津屋
薬研堀
竪川
大川
鰻処宮戸川
若狭屋
六間堀
猿子橋
鎧河岸
小名木川
日本橋
新大橋
鎧ノ渡し
深川
金兵衛長屋
八丁堀
霊岸島
永代橋
仙台堀
永代寺
富岡八幡宮
佃島
越中島

護国寺
小石川
本郷
豊後関前藩
上屋敷
湯島天神
牛込
神田川
神田明神
表猿楽町
佐々木道場
駿河台
筋違橋御門
昌平橋
市谷八幡宮
神保小路
市谷御門
内藤新宿
四谷
四谷御門
麹町
江戸城
平川天満宮
馬場先御門
鍛冶橋御門
南町奉行所
数寄屋橋御門
溜池
原宿
愛宕権現
増上寺
芝
渋谷

本書は『居眠り磐音 江戸双紙 無月ノ橋』（二〇〇四年十一月 双葉文庫刊）に
著者が加筆修正した「決定版」です。

編集協力 澤島優子
地図制作 木村弥世
DTP制作 ジェイエスキューブ

無月ノ橋

居眠り磐音（十一）決定版

第一章　法会の白萩

一

安永《あんえい》四年（一七七五）の夏が去り、秋風が江戸の町に吹き始めて鰻《うなぎ》の人気も蘇《よみがえ》った。いや、江戸の人々の胃袋も涼気に蘇生したようで、饂飩《うどん》屋も蕎麦《そば》屋も煮売り酒屋も客で込んでいた。とりわけ煮売り酒屋では駕籠《かご》かきや職人たちが、

「小僧さんよ、歯に染みるような熱燗《あつかん》を三、四本持ってきてくんな」

「姉ちゃん、注文はおれっちが先だぜ、忘れるんじゃねえよ」

などと叫び合い、小女《こおんな》や小僧はてんてこ舞いの忙しさだった。

宮戸川《みやとがわ》の井戸端の柿の実も色付き始めたそんなある日、磐音《いわね》がいつもの朝と同じく鰻割《さ》きに汗を流していると、小僧の幸吉《こうきち》が、

「坂崎様」

と磐音の名を呼んだ。近頃では小僧も板についてきて、鉄五郎親方や女将のおさよから言葉遣いも教え込まれ、これまでの、

「浪人さん」

から、名を、それも様付けで呼ばれることもあった。

磐音が割き終えた鰻を竹笊《たけざる》に入れてまな板から顔を上げると、台所の戸口に顔を覗《のぞ》かせた幸吉が、

「貧乏御家人の小倅《こせがれ》が訪ねてきたぜ！」

と怒鳴った。

「馬鹿野郎。いくら北割下水の貧乏たれといって、本気で貧乏御家人と呼ぶ奴《やつ》があるか！」

磐音の隣の松吉《まつきち》が叫び、幸吉の後ろから当の品川柳次郎《しながわりゅうじろう》が姿を見せた。

「いかに貧乏御家人とはいえ、こうも派手に喚《わめ》き合われては、顔を出すのもいささか気恥ずかしい」

と言いながらも柳次郎は泰然としたものである。背に大荷物を負っていたが、大きなわりには軽そうに見えた。

「荷を納めに行かれるのですか」

「川向こうの問屋に虫籠《むしかご》を納めに行く途中です」

「恐縮です。用事ならばこちらから出向いたものを」

と磐音が言うのへ、

「母上が坂崎さんとご一緒したいと言うものですから、今日の昼の予定を尋ねに参りました」

「ほう、どこへ参られるのですか」

「それは来ての楽しみです」

と答えた柳次郎は首を捻《ひね》り、

「いや、ちと抹香《まっこう》臭いかな。まあ、年寄りの誘いです、あまり期待はしないでください」

と笑いながら釘《くぎ》を刺した。

「伺います」

「ならば私も急いで荷を納めてきます」

柳次郎は先を急ぎ、磐音は鰻割きに戻った。

次平爺《じへいじい》さんが鰻を割きながら、

「公方《くぼう》様の家来は虫籠作りの内職、大名家の重臣の倅《せがれ》は鰻割きたあ、侍も楽じゃねえぜ」

と呟《つぶや》いた。

磐音ら三人は数百匹の鰻と二刻《ふたとき》(四時間)余り格闘して仕事を終え、いつものように鉄五郎親方と膳《ぜん》を並べて、朝餉《あさげ》を馳走《ちそう》になった。

「品川さんのところからお誘いのようだね」

「母御の幾代《いくよ》様からの誘いです」

「となると、墓参りの帰りになんぞ食べようという趣向かねえ」

と鉄五郎も思案した。

「品川さんの母御はそれがしの独り暮らしを気遣い、いろいろと気を配ってくださいます」

「坂崎さんを、もう一人の倅と思っておられるんですかねえ」

「ちとひねておりますが、大いにそのようなところかもしれません」

と笑った磐音は、

「ご馳走さまでした」

と綺麗《きれい》に食べた膳に向かって合掌《がっしょう》した。

宮戸川を出たとき、磐音は懐《ふところ》を押さえてみた。

小判を三両包んだ奉書紙があるかどうかを確かめたのだ。

磐音は豊後《ぶんご》関前《せきまえ》藩を脱ける折りに、家から持ち出した刀、備《び》前《ぜん》包平《かねひら》を研ぎに出していた。それを受け取りに、北割下水と南割下水の境に広がる吉岡町の研ぎ師鵜《う》飼《かい》百助《ももすけ》の屋敷に立ち寄ろうと考えていた。

鵜飼の研ぎ師の腕は数多《あまた》の同業を凌《しの》ぐが、身分は将軍家の家臣である御家人だ。

だが、無役の御家人の暮らしが立つほど安永の江戸は容易《たやす》くない。下級旗本、御家人は体面を気にしつつも、内職に精を出さねば食べていけない時代であった。

だが、鵜飼家には代々刀剣の研磨という特技が伝わっていた。

鵜飼は名人と呼ばれた祖父から研ぎの技を叩《たた》き込まれた研ぎ師であった。また大名家や大身《たいしん》旗本が刀を購《あがな》うとき、まず鵜飼百助に目利《めき》きを頼むほど刀剣については詳しかった。

砂を入れた貧乏徳利を重し代わりにした戸を押し開くと、森閑とした御家人屋敷に秋の陽射《ひざ》しが穏やかに降り注いでいた。二百坪ほどの敷地には代々の主《あるじ》が植えた庭木が茂り、濃い緑陰を作っていた。

磐音は、

「御免」

と声をかけながら敷地の西側に回り込んだ。

そこに鵜飼の工房があった。

白衣の鵜飼は一人の武家と睨《にら》み合っていた。かたわらにはその者の供と思える若党が控えていた。

絹物の衣服に差料《さしりよう》、煙草《たばこ》入れからみて、旗本家当主か大名家の重臣と察せられた。

二人の間には一振りの白木の刀があった。

「鵜飼、どうしても磨かぬと申すか」

「この正宗《まさむね》、刃に凶相が覗いておりますれば、それがしの手には負えませぬ」

「研ぎ料は存分に出す」

鵜飼の顔に不快の念が走った。

「銭金で研ぎをお断りしているわけではありません、高村《たかむら》様」

「それがし、主の命によりかく参上したのだ。研ぎ師に断られましたでおめおめと引き下がれるか」

「他を当たりなされ」

鵜飼はにべもなく言い放った。

「おのれ、これほど頭を下げても研がぬと申すか」

「嫌なものは嫌でございましてな。鵜飼百助、そうやって生きて参りました」

「御家人が生計《たつき》のために刀を研ぐと聞いたゆえ、わざわざ厚意で参上したものを、けんもほろろに断りおって、おのれ、折檻《せっかん》してくれん」

と鵜飼に高村と呼ばれた壮年の武家が白木の刀を振り上げた。なにやら子供じみている。

鵜飼が呆《あき》れ果てたという顔をした。

若党も困った顔をした。

「おやめなされ」

磐音が声をかけたのはそのときだ。

きっ

として高村栄五郎《えいごろう》が振り向いた。

鵜飼との話に血が上っていた高村は、磐音が庭に入ってきたことなど気付かなかった様子だ。

歳《とし》の頃は四十前後か、高慢そうな顔面が紅潮して額に血管が浮き出ていた。剣術の嗜《たしな》みがあるとはとても思えなかった。

「折角の正宗に傷でもついたら、お手前が主どのに叱《しか》られますぞ」

「黙れ。おぬしはたれだ。差し出がましい口など利きおって」

「長屋暮らしの浪人者にございます」

「浪人者だと。早々に立ち去れ。ただ今それがしが用談中だ」

「お手前様の声があまりにも大きく、近隣の迷惑にございます。それにこれ以上騒がれると、主どのの体面にも関わりましょう。今日はこのまま引き上げなされ」

「おのれ、浪人者の分際で小賢《こざか》しいことを！」

さらに錯乱の度を増して、白木の刀を振り上げたまま磐音に突進してきた。

磐音はただ体を開いた。すると高村は自ら足をもつれさせて前のめりに倒れ込んだ。

「あ痛たた！」

と叫んで顔を上げた高村の額から血がうっすらと流れていた。

白木の刀が若党の足元に転がった。

「釜本《かまもと》、こやつらをうちのめせ！」

と若党に本気で叫びかけるのを磐音が、

「高村どのをお連れして引き上げなされ」

と若党に忠告した。

釜本はしばし迷っていたが、形勢不利と見て、高村を助け起こして袴《はかま》の泥を払った。

「釜本、要《い》らざることをいたすな」

高村が叫び、

「鵜飼百助、このままでは済まさぬぞ、覚えておれ。浪人者、おぬしの名は何というか、住まいはどこだ」

と捨て台詞《ぜりふ》の後に磐音に問うた。

「深川六間堀に住む坂崎磐音にございます」

「よし、おぬしも痛い目に遭《あ》わせてやる」

と言い残すと肩を怒らせ、足早に磐音たちの視界から消えた。その後を釜本と呼ばれた若党が刀を拾い、すごすごと従った。

「呆れたものだ。御小普請支配《おこぶしんしはい》といえば三、四千石の大身旗本が務める役目、その用人があのざまでは、主の逸見《いつみ》も大した人物ではあるまい」

と呟いた。

「御小普請支配の用人ですか」

道理で威張っているわけだ。

直参《じきさん》旗本と呼ばれる家臣団を、禄高《ろくだか》三千石以上、それ以下に区別することがある。

無役の場合、三千石以上の者は寄合《よりあい》に入り、それ以下の者は小普請組に組み入れられる。役職手当がつかぬ小普請入りをした者の中でも、下級になればなるほど暮らしは厳しい。品川家のように内職に励んでようやく体面を保つことになる。

さて御小普請支配は無役の小普請組とは違う。

これら無役の小普請組を監督する役職だ。

旗本三、四千石から八人が選ばれ、毎月六日、十九日、二十四日に逢対日《あいたいび》を設けて小普請組の者たちと面会する。それは御役に就く希望を聞き、諸々の相談事を受けるためだが、当然のことながら付け届けがなければ、逢対日に冷たい扱いを受ける。これらの総支配が御小普請支配だ。

用人が傲慢《ごうまん》無礼なのはそのせいだ。

「大方、あの刀も、先祖伝来のものを蔵から付け届けに出してきたものよ。そなたにとんだ茶番を見せたな」

と鵜飼が言った。

「思わず、要らざる声をかけてしまいました」

「あの一剣、正宗と改鑿《かいさく》してあるが、勢州村正《せいしゅうむらまさ》と見た」

「徳川家に不吉をもたらすという村正にございますか」

「まず間違いあるまい。知ってか知らずか、徳川の臣がそれを賂《まいない》に受け取り、御家人のわしに研ぎに出そうとは、浅慮も極まれりだ」

と吐き捨てた鵜飼が話題を変えるように、

「そなたの包平、研ぎ上がっておる」

と作業場に案内した。

「御免つかまつります」

磐音は作業場の土間に入ると神棚に向かって拝礼した。

「久しぶりに研ぎ甲斐《がい》のある逸品に接したわ」

板間に上がり、神棚の前から磐音が慣れ親しんだ一剣、包平を持ってきた。

磐音は目礼すると腰の備前長船長義《おさふねながよし》を抜き、上がりかまちに置いた。

「そなた、深川六間堀の長屋暮らしではなかったか」

長義の拵《こしら》えに目を留めた鵜飼が驚きに目を瞠《みは》った。

「この剣は、出入りのお店《たな》の方がそれがしの無腰を見て、武家がそれでは体面も保てまいと貸し与えてくれたものです」

と答えた。だが、実際は今津屋吉右衛門《いまづやきちえもん》が、

「借り物と思えば、踏み込み、打ち込みに迷いも生じましょう。これは本日ただ今より坂崎磐音様の差料にございます」

と豆州熱海《ずしゅうあたみ》行きの御用の前にくれたものだ。

「拝見してよいか」

「はい」

磐音は研ぎ上がった包平を受け取り、鵜飼は長義を手にした。

「鵜飼様、失礼いたします」

磐音は刃渡り二尺七寸（八十二センチ）の包平を抜いた。

地肌に一点の曇りなく刃文が鮮やかに浮き上がり、研磨された技は鋩子《ぼうし》まで一分の弛緩も見られず研ぎ残しもない。

見事な研磨であった。

「造作をかけ申した」

磬音は長義に見入る鵜飼に黙礼すると庭に出た。

包平を腰に差し落として四周を検《あらた》めた。

庭先に蜻蛉《とんぼ》が迷い込んでいた。

「ちとそなたらの遊び場を借り受ける」

そう呟いた磬音は両足を開き気味に構えて、腰をわずかに落とした。

虚空の一点を見詰め、呼吸を整えた。

「えいっ！」

磬音の口から裂帛《れっぱく》の気合いが洩《も》れ、包平が一条の光となって虚空を斜めに斬《き》り上げた。伸びやかな円弧を描いた包平が手元に引き付けられ、上段に移行すると八の字に左右に斬り分けられ、次には真っ向唐竹割に落とされた。

さらに再び引き付けられた包平の峰先に左の掌《てのひら》が添えられ、左後方、右後方に突き出され、磬音の体は反転して連鎖の抜き打ちが繰り返された。

四半刻《しはんとき》（三十分）後、動きを止めて納刀した磬音を、戸口から鵜飼百助が呆然《ぼうぜん》と見ていた。

「その包平もこの備前長船長義も、刃長二尺七寸から二尺六寸七分の大業物《おおわざもの》だが、そなたの手にかかるとまるで定寸の剣じゃのう。名人のもとには業物が集まる道理。それでのうては刀が哀れじゃ」

と呟いたものだ。

「わが家の伝来の包平、かようにも気持ちよく遣えたことはございませぬ。まことに有難うございました」

深々と頭を下げて礼を述べた磐音は、用意してきた三両を包んだ奉書紙を差し出した。

「些少《さしよう》にございますがご受納くだされ」

長義を差し出し、代わりに包みを受け取った鵜飼が、

「長屋暮らしが小判など支払ってよいのか」

「長義をお貸しくだされたお店で、割のよい仕事をなしたばかりにございます。本来ならばこの額では足りますまいが、お納めくだされ」

「ならば気持ちよくいただこう」

鵜飼が快く白衣の懐に入れた。

磐音は包平を腰に、長船長義を手に提げて六間湯の暖簾《のれん》を潜《くぐ》った。

「おや、今朝はだいぶ遅うございましたな」

脱衣場から大家の金兵衛《きんべえ》が声をかけてきた。

「鵜飼様の屋敷に立ち寄り、研ぎに出していた刀を受け取って参りました」

「ほう、それで武蔵坊弁慶のように何本も刀を持ってるわけですか」

と応じた金兵衛が、番台に座る主の八兵衛《はちべえ》に、

「研ぎ上がったばかりの刀だそうだ、盗まれてもいけねえや。番台で預かっといてくんな」

と言葉をかけた。

「二階に刀掛けがあるよと言いたいが、日頃贔屓《ひいき》にしてもらってるから、断るわけにはいかないね」

と磐音が差し出した二剣と無銘の脇差《わきざし》一尺七寸三分（五十三センチ）を受け取った。

「お先に失礼しますよ」

と金兵衛は六間湯を出ていった。

磐音は、鰻割きで染み付いた生臭さと鵜飼家の庭でかいた汗を、洗い場で丁寧《ていねい》に洗い流した。

磐音にとって今や朝風呂は日課で、楽しみの一つでもあった。

磐音はだれもいない昼前の湯にゆったりと浸《つ》かり、すっきりとした気分で湯船から上がった。

二

金兵衛長屋に戻った磐音が腰高障子戸を開こうとすると、戸口に文が差し込んであった。その封書の体裁を見ただけで、だれからのものか分かった。

因幡鳥取《いなばとっとり》藩三十二万石の大寄合（重臣）三千二百石織田宇多右衛門《おだうたえもん》の娘、桜子《さくらこ》からのものだ。

過日、今津屋からの帰り、鳥取藩の内紛に絡《から》む争いの場に行き合わせた磐音は、旅姿の若侍を襲おうとする侍たちを追い払った。

それが縁であった。

織田桜子は若侍に扮《ふん》して鳥取城下から江戸藩邸に密書を届けようとしたところを、反対派の待ち伏せにあったのだった。

内紛が一段落した後、娘に戻った桜子は磐音に礼を言おうと屋根船まで仕立て、神田川の浅草御門の船着場で待ち受けたりしていた。

磬音はもはや事は終わったと桜子に告げたが、今津屋のおこんは、

「女難の相」

それも若い娘の想いは後を引くと、やきもきしていた。

磬音は磬音で桜子の一途《いちず》さを持て余していた。

その文を封も切りもせずに、がらんとした長屋の只一つの家具、鰹節《かつおぶし》屋から貰《もら》ってきた箱の上に置いた。そして、箱の上に並ぶ三柱の手造りの位牌《いはい》に語りかけた。

「慎之輔《しんのすけ》、舞《まい》どの、琴平《きんぺい》、なんとか力を貸してくれぬか。多勢に無勢の闘争の場に立ち入ったばかりにえらい目に遭《お》うておる」

三人は豊後関前で身内同様、兄弟姉妹同様に育った幼馴染《おさななじ》みだった。

藩の騒動に絡み、若手の改革派と目された河出《かわで》慎之輔と小林《こばやし》琴平と磬音は、老《ろう》獪《かい》な国家老宍戸《ししど》文六《ぶんろく》が仕掛けた罠《わな》に嵌《はま》り、慎之輔と琴平が自滅するように相戦い、生き残った琴平を、藩重臣の命により磬音が討ち果たすという悲劇に見舞われていた。

藩の騒動は収拾したが、それをきっかけに磬音は藩を離れ、江戸に出て深川六間堀での長屋暮らしを始めたのだ。

（磐音、そなたのお節介は相変わらずだな）

どこからか琴平の声が聞こえたような気がした。

（琴平、それが磐音のよいところなのだ）

慎之輔の諫《いさ》めるような言葉が続き、舞の大らかな笑い声が聞こえた。

磐音はひとり溜息《ためいき》をつくと、位牌の前の茶碗《ちゃわん》を持って井戸端に行き、新しい水と替えた。

「なんだい、昼間っから大の大人が溜息なんぞついて。犬の糞《ふん》でも踏んだのかい」

水飴《みずあめ》売りの五作《ごさく》の女房おたねが声をかけてきた。どうやら井戸端でも溜息をついたようだ。

「ははあん。あの、駕籠を猿子橋に乗り付けるどこぞのお姫様のことだね。うまいこと諦《あきら》めさせないと、おこんちゃんが角を立てるよ」

「いや、おたねどの、そのようなことではござらぬ」

磐音は早々に長屋に戻り、水を替えた茶碗を位牌の前に置くと、

「ちとこれから出かけて参る」

と話しかけた。

仕度といっても着たきり雀《すずめ》のようなものだ、研ぎ上がったばかりの包平を手に再び草履《ぞうり》を履いた。

金兵衛長屋の木戸口を出るとき、金兵衛が鉢植えの菊の手入れをしていた。

「お出かけですかい」

「品川さんの母御に招ばれております」

「そいつは無難でいいやな」

金兵衛も織田桜子のたびたびの長屋訪問を苦々しく思い、磐音がうんざりしていることも承知していた。

「彼岸を前に墓参かと思います」

「それはなんとも無風流ですな」

という声に送られて路地から六間堀の堀端に出た。

昼下がりの風に岸辺の柳が揺れていた。それを見ていたら、昼餉《ひるげ》がまだなのに気付いた。

(致し方ない、昼餉抜きだ)

と覚悟して、竪《たて》川に出て二ッ目之橋を渡ると、旗本、御家人の屋敷が並ぶ本所の町を斜めに突っ切り、北割下水の品川家の門前に辿《たど》りついた。

お天道様の具合から八つ（午後二時）の刻限だろう。

「品川さん、早すぎましたか」

傾きかけた門を潜ると、庭に組まれた竹棚の蔓《つる》から下がった糸瓜《へちま》がぶらぶらと風に揺れていた。品川家では家計を助けるために拝領屋敷の半分を潰《つぶ》して畑にし、季節の野菜を栽培していた。

磐音の大声に、奥から柳次郎が、

「なんのなんの、母上が先ほどからお約束を忘れられたのではないか、柳次郎、そなたは確かに伝えたかと、煩《うるさ》いほどに坂崎さんのおいでになるのを気にかけておられました」

と言いながら玄関先に姿を見せた。

「なんですね、お二人とも武家の嗜みを忘れて、馬方同士のように怒鳴り合うとは、慎みに欠けますよ」

姑《しゅうとめ》譲りの江戸小紋を着た幾代が端然とした姿を見せると、磐音は、

「お招きにより参上いたしました」

と挨拶《あいさつ》した。

幾代は片手に菊の花を入れた桶《おけ》を提げ、片手に数珠《じゅず》を持っていた。それが紫地

の小紋とよく合って凛《りん》とした武家の女を醸し出していた。よく見ると柳次郎も線香と火付け石などを布に包んで持っていた。

「それがしに持たせてください」

磐音は幾代の手から桶を取った。

お願いしますと渡した幾代が、

「陽射しもまだ強うございますが、辻々《つじつじ》に秋の気配をそこはかとのう感じます。歩いて参りましょうか」

と二人に誘いかけた。すると柳次郎が小さな声でぼやいた。

「歩くもなにも、うちでは猪牙《ちょき》も駕籠も使ったためしなど一度もありません」

「柳次郎、気持ちですよ、気持ち」

幾代に窘《たしな》められた柳次郎は、母親から一歩下がって磐音と肩を並べた。

「うちの菩提寺《ぼだいじ》は竜眼寺《りゅうげんじ》といって、十間川《じっけんがわ》の北外れにあります。まずは墓参にお付き合いください」

「品川家の宗旨はなんですか」

「わが家は天台宗です。もっとも、私にとっては浄土宗だろうが日蓮宗だろうがどうでもいいことですがね」

先を行く幾代は毅然と胸を張って歩いていく。

少し間が空いて話が聞こえないと思ったか、柳次郎が磐音に囁《ささや》いた。

「墓の前で母上が涙を流すと思いますが、見て見ぬ振りをしてください。坂崎さんが理由を尋ねられるとえらい目に遭います」

「ほう、どうしてですか」

「坂崎さん、私は品川家の次男ですが、ほんとうは三男なのです」

「どういうことです」

「長男の和一郎《わいちろう》が三歳、次男の柳次郎が二歳の折り、和一郎が北割下水で水死したのです」

「なんと」

磐音は初めて品川家の秘密に触れた。

「梅雨の長雨で増水していたところに兄は足を踏み外したのです。運の悪いことに父は不在、母は内職に精を出していたそうで、兄は一人で門の外に出たようです。和一郎の姿が見えないというので一家で必死に探していると、横川に浮かんでいるところを発見されました。そのとき、私が母の腹の中にいたのです。たれの考えか、私が生まれて後、次男が和一郎の名を継いで長男となり、三男であるべき私が次男の名、柳次郎を継いで役所に届けました。おそらく処々方々にありもしない金を使ってのことでしょう」

「そのようなことがありましたか」

「母は六年前に亡くなった姑に、目を離したおまえが悪いとだいぶ責められたようです。そのせいもあって、私が幼い頃、母は墓参に行くと自分を責めてしばらく泣くのです。祖母が亡くなった今、それもなくなりましたが、用心に越したことはありません」

横川を法恩寺橋で渡ろうとすると川面から声がかかった。

「居眠りどの、いずこに参る」

水面《みなも》を見下ろすと、小さな体に大頭の南町奉行所年番方与力《ねんばんかたよりき》笹塚孫一《ささづかまごいち》が、御用船の真ん中に突っ立っていた。そのかたわらには定廻《じょうまわ》り同心の木下一郎太《きのしたいちろうた》が控え、船着場には地蔵の竹蔵《たけぞう》親分が見送りに立っていた。

「笹塚様、お見廻りにございますか」

「そなた、近頃、金になる話を持ち込んでこぬでな。自ら見廻りに出る羽目になったぞ。南町奉行所の探索費が枯渇して、今にも銭箱の底が見えてきそうじゃ」

と叫んだ笹塚が、

「いずこに参るのじゃ」

と幾代のことを気に留めながら重ねて訊いた。

「本日は品川さんの母御のお供で竜眼寺に墓参です」

「品川どのも品川どのじゃ。この陽射しに老いた母御を歩かせるとは何事か。御用船じゃが乗っていかぬか、十間川までお送りいたそう」

磐音は柳次郎と顔を見合わせ、柳次郎が、

「造作をかけますか」

と幾代に訊いた。

「御用船を私どものために使うてよいのですか」

「笹塚様はお見廻りの途中のようです。十間川を視察なさると思えばよろしいでしょう」

と柳次郎が答え、

「ならば同船させていただきましょうか」

と幾代が応じて、三人は橋から船着場に降りた。

地蔵の親分が磐音に、

「久しく坂崎様の顔を見ないとぼやいておられましたよ」

と耳打ちした。

「ささっ、それがしの手につかまりなされ」

と笹塚が幾代に手を差し出した。すると幾代が、

「笹塚様、造作をかけます。ですが、私はまだ老いたと言われるほど耄碌《もうろく》はいたしておりませぬし、足腰はこのとおり元気にございます」

とぴしゃりとはね付けて、一人で身軽に御用船の舳先《へさき》に乗った。

どうやら幾代は船の前方から風景を楽しむ心積もりのようだ。

「これはしたり。えらいことを失言してしもうた」

「笹塚様、ついでに申し上げます。南町奉行所の与力同心百五十余人を率いられる年番方与力どのが、天下の大道でお金の話をなさるなど、南町奉行所の体面にも関わることにございますぞ！」

舳先から振り向いた幾代が二の矢を放った。

「おおっ、まことにもって重ね重ねの失言にござる。以後、気を付け申す」

五尺そこそこの体ながら、

「南町の年番方笹塚孫一の肝《きも》っ玉はなかなか太い」

と評判の笹塚がやり込められ、腰を折って大頭を幾代に下げた。それを幾代が

悠然と受け、柳次郎は困った顔をしたが、一郎太も竹蔵もくすくすと笑いだしそうなのを必死で堪《こら》えていた。

「一郎太、そのほうら、なにがおかしい。母御も乗船されたのだ、早く船を出さぬか」

「はっ、はい」

一郎太が慌《あわ》てて返事をして、御用船は法恩寺橋の船着場から横川を南に向かった。

横川の両岸は船問屋など水運に関わる店が並び、人の往来も賑《にぎ》やかで、水上にも雑多な船が行き来していた。

舳先に座した幾代は水上から見る景色を、笑みを浮かべて嬉《うれ》しそうに眺めている。

「笹塚様、無沙汰《ぶさた》をしております」

「そなたがあまり顔を見せぬによって、ついあのような声をかけてしもうた。そのせいで母御にお叱りを受けたではないか」

笹塚が憮然《ぶぜん》とした顔で言ったが、どこか嬉しそうでもあった。

「昨今幾代様のように毅然たる武家の内儀《ないぎ》は見かけられぬ。亡母《ぼうぼ》を思い出した」

「おや、笹塚様の母御は身罷《みまか》られたのですか」

そういえば久しく墓参にも行っておらぬなと笹塚が呟き、一郎太が、

(また、あのような虚言を弄《ろう》して)

と笹塚の顔を睨んだ。だが、生きている母を死なせた当人は平然としたものだ。

「鳥取藩の一件では世話になりました」

鳥取藩池田《いけだ》家の内紛の始末を磐音は笹塚孫一に願っていた。

「あの一件な、お奉行だけが城中でよい顔をなされたようだ。このようなこともある。坂崎、あの母御には内緒だが、なんぞ金になる騒動を探して参れ」

と囁いたものだ。

御用船は横川から竪川に戻り、運河を東に走って、十間川を北へと曲がった。

すると辺りは急に鄙《ひな》びてきて、長閑《のどか》な秋の風景が広がった。

亀戸《かめど》村から柳島村に当たり、町屋も少なくなって武家屋敷も急に減った。

旅所《たびしょ》橋から次の天神橋を潜ると、東側に亀戸天満宮の船着場が見えてきて、料理茶屋などが川面に座敷を突き出すように並んでいた。

参詣《さんけい》に来た人々が船着場の周りの土産物《みやげ》屋などに群がって賑やかだ。

天神橋界隈《かいわい》は蜆《しじみ》が名産で別名業平《なりひら》蜆といい、料理茶屋の名物だった。それを楽

しみに来る客もいた。

陸奥弘前藩《むつひろさき》の抱え屋敷を過ぎると、御用船は右手の船着場に寄せられた。

「笹塚様、思いがけず船旅を楽しませていただきました。お礼を申します」

幾代が笹塚に礼を申し述べ、一郎太や小者たちにまで頭を下げて船を下りた。

「坂崎、偶《たま》には数寄屋《すきや》橋にも姿を見せよ」

笹塚の言葉を残して、御用船は十間川からさらに北に向かった。どうやら御用船は請地村の間を流れる水運を利用して、須崎村で大川に戻る算段のようだ。

「母上が坂崎さんを菩提寺に案内した理由をご存じですか」

「いえ」

「竜眼寺は別名萩《はぎ》の寺といって、この季節、萩の花が咲き乱れることで有名なのです」

「それは存じませんでした」

慈雲山竜眼寺は天台宗の寺で、この寺の寺宝は聖徳太子自ら彫ったという自像であった。その身丈二尺五寸で、御像の頭には太子と妃の御髪を植え込んである
といい、

「殖髪聖徳太子堂」

とも呼ばれていた。

竜眼寺に伝わる『太子縁起』によれば、

「推古《すいこ》天皇十一年癸亥《みずのとい》（六〇三）、太子御齢三十二歳、同年十一月二十八日檜隈の宮において霊木を得て自親影像を作り、斑鳩《いかるが》の夢殿に納めたまふ……」

とある。

それがどうして竜眼寺に安置されているのか。

戦乱の御世、あちらこちらに移された後、慶長《けいちょう》七年（一六〇二）頃、南都大安寺および花洛蓮華王院、高雄《たかお》の神護寺、豆州田方《たがた》の般若王寺、相州鎌倉《そうしゅうかまくら》の法華堂、武州小菅《ぶしゅうこすげ》の最明寺、江州《ごうしゅう》滋賀菅原寺、摂州《せっしゅう》金胎寺などを転々とした後、宝暦《ほうれき》十二年（一七六二）十月に武州荏原郡《えばらごおり》の清谷寺より竜眼寺に移り、安置されたそうな。

山門前の石段の左右には、すでに紅紫色の萩がこぼれるように咲き乱れていた。それを見物せんと、寺の内外には墓参りの人ばかりか、萩見物の老若男女で溢《あふ》れていた。中には酒盛りをしている一団もいた。

「これは見事な」

磐音は思わず感嘆の声を上げた。

築山と巨岩が配置された庭先に萩と芒《すすき》が乱れ咲く光景は、天高く澄み渡った空と調和してなんとも爽《さわ》やかだった。

「母上、挨拶して参ります」

柳次郎が庫裏《くり》に走っていった。

「わが家の墓参に坂崎様を付き合わせることになりましたな」

「兄上がおられたと、先ほど柳次郎どのにお聞きしました」

「柳次郎が話しましたか。あれがまだお腹《なか》にいた時分の事故《こと》です。もはや遠い昔の話です」

と言って幾代は口を閉ざした。

「母上、今日は墓参の人が多いそうです」

と言いながら柳次郎が戻ってきた。

萩見物の人がうろうろする庭から離れたところに、竜眼寺の墓地はひっそりとあった。その中ほどに品川家の墓があり、墓の周囲に夏草が枯れかけて生えていた。

三人は草を抜き、墓石を洗い、幾代が持参した菊を捧げて、線香を手向《たむ》けた。

磐音は品川家のご先祖の霊に合掌しながら、坂崎家の墓参を長らくしていないことに思いを致した。

瞑目《めいもく》する磬音の耳に幾代の慟哭《どうこく》が聞こえてきた。

だが、それはひっそりと短く続いただけだった。

「さあ、死者の供養は済ませました。これからは生きている者たちの供養をいたしましょうかな」

と幾代が自らを鼓舞するように言った。

「坂崎さん、竜眼寺の内庭はこの寺の檀家でなくては入れません。精進料理と酒を用意させてあります」

とようやく柳次郎が本日の趣向を種明かしした。

「なんと、竜眼寺の萩を見物しながら料理を楽しめるのですか」

「坂崎さんにはいつも世話になりっぱなしで、母上も気にかけておられたのです。先《せん》に今津屋さんの仕事をさせていただき、思いがけなくも大金が入りました。母と話して、竜眼寺の墓参のついでにこのようなことを考えたのです」

「幾代様、品川さん、世話をしたつもりなど毛頭ござらぬが、なんとも嬉しきお誘いです。昼餉を抜いた甲斐がありました」

と正直に答える磬音を品川親子が庫裏に案内した。

「幾代様、ようおいでなされましたな」

年配の納所《なっしょ》坊主が幾代に言葉をかけ、

「すぐに座敷に膳を運ばせますでな」

と三人を宿坊の一室へと案内した。

内庭では白萩が岩と泉水の間に彩りを見せ、静謐《せいひつ》にして可憐に秋の気配を漂わせていた。

風が吹いて蝶《ちょう》の形をした花を揺らしていく。

三人は秋の移ろいを五感に感じ取りながらゆったりと酒を酌み交わし、精進料理を慈しむように賞味した。

三

まだ日が残る夕暮れ前、三人は竜眼寺を辞去して十間川の堀沿いに亀戸天満宮の船着場まで歩き、磐音はちょうど残っていた猪牙舟の船頭に声をかけた。

「法恩寺橋際まで行ってくれぬか」

「おや、坂崎さん、舟で戻られますか」

柳次郎が訊いた。

「お酒を頂戴したら歩くのが億劫《おっくう》になりました。深々と馳走になった礼です、舟で送らせてください」

「そいつは助かった。私も北割下水まで歩いて戻るのかと少々うんざりしていたところです」

「なんですねえ、若い二人が行き帰りに舟とは。でも、偶には贅沢《ぜいたく》もいいものですね」

そう言いながら幾代が猪牙舟の舳先に鎮座し、柳次郎が胴中に、磐音が艫《とも》近くに乗り込んだ。

「舟を出しますぜ」

船頭が船着場の杭《くい》を手で押し、竿《さお》に替えた。

「坂崎さん、有難う」

と柳次郎が、酒に事寄せて幾代に舟を頼んでくれた磐音に礼を言った。

「それがしこそ楽しい時を過ごさせていただきました。萩もよし、酒もよし、料理もよし、相手もさらによし。ほんとうに夢のような秋の一日でした。礼を申し上げるのはこちらです」

竿から櫓《ろ》に替えられた猪牙舟に十間川の両岸から集《すだ》く虫の音が聞こえ、夕闇《ゆうやみ》の風情《ふぜい》を増した。

幾代の背は満足そうにぴーんと張っていた。

磐音は、将軍直参とはいえ下級の御家人がいかに生計と体面を立てるのが苦しいか、深川の長屋暮らしを始めてその実態に接した。

一方で、鵜飼百助のところに改鑿した勢州村正を持ち込んだ御小普請支配のように、付け届けで裕福に暮らす旗本たちがいた。

だが、幾代の背には、慎ましやかながら他人に迷惑をかけることなく御家人の矜持《きょうじ》を保つ自負が表れていた。

「母は嫌がりましたが、竹村《たけむら》の旦那《だんな》を誘いました。すると、墓参なんぞ死んだ者に付き合えるか、こちらは一家が生きていくのに必死なのだと、あっさり断られました」

「それはなんとも残念でした」

「人柄は悪くないのだが、人情の機微を察せられぬ。それでだいぶ損をしているのです」

と若い柳次郎は年長の武左衛門《ぶざえもん》の気性を言い訳した。

「食べ盛りの子沢山ゆえ、致し方ありません」

「しかし坂崎さんの口利きで豆州熱海行きの御用を務め、二十五両近くも稼いだではないですか。無論あの金子《きんす》は私が勢津《せつ》どのに直《じか》に渡しましたから、旦那の懐には入っておりません。竹村家はあれでだいぶ余裕ができたはずです」

柳次郎は今津屋の御用で熱海行きの仕事をしたことを言った。

「竹村さんはただ今も仕事をしておられますか」

「聞くところによると、船問屋の荷揚げ人足に雇われて働いているということです」

「流れの向こうから竹村さんのぼやきが聞こえてくるようだ」

「この刻限ならば竪川辺りの煮売り酒屋でおだを上げています」

「なんとも残念でした」

猪牙舟の舳先に付けられた提灯《ちょうちん》の灯りが強さを増した。すると両岸の風景が暗く沈み、旅所橋を潜って竪川に出た。

右手には深川北松代町の町屋が広がり、暗がりの中にぽつんぽつんと灯りが点《とも》っていた。

「川風に吹かれながら深まる秋を満喫できるとは極楽です」

と言う幾代の声が磐音のところまで聞こえてきた。

猪牙舟は西に向かって流れるように進み、北割下水の流れ込む横川と交差する新辻橋を潜って方向を北に変えた。

すぐに北辻橋を潜ることになる。するといきなり聞き慣れた胴間声《どうまごえ》が川面まで響いてきた。

「それがしがなにをしたというのだ。互いに譲り合って楽しむ酒の席、いきなり武士を打擲《ちょうちゃく》するとは許せぬ。謝れ、謝らねば刀にかけてもそのほうらのむさい頭を下げさせるぞ、下郎!」

「噂《うわさ》をすれば影だ。竹村の旦那、また酔ってなんぞやらかしている」

柳次郎が言い、岸辺に舟を寄せてくれるよう船頭に頼んだ。

「柳次郎、放っておきなされ。酔っ払いに付き合うことはありませぬ」

幾代が言ったが、岸辺では数人の中間《ちゅうげん》に武左衛門が蹴《け》り倒されていた。

「あ、痛たた」

という武左衛門の悲鳴も聞こえてきた。だが、さすがに武士、刀を抜く真似《まね》はしなかった。

「母上、ちとご辛抱を」

磐音は柳次郎の声を背に聞いて、北辻橋の船着場に飛び移った。

「これは痛いぞ。待て待て、しばし待ってくれ！」

入江町の河岸に上がると、武左衛門の姿は中間たちの輪の中に消えていた。だが、一人だけ兄貴分が輪の外に立っていた。

その男がちらりと磐音を、そして続いて上がってきた柳次郎を見た。

「手を引いてくれぬか」

磐音の言葉に、

「邪魔しないでくんな。こいつは酒癖が悪くて、懲らしめてるところだ」

と兄貴分が冷たく言い放った。

「とは申せ、天下の往来で多勢に無勢の乱暴はいかぬぞ」

磐音の声は長閑に響いた。

「さんぴん、おめえ、知り合いけえ。やめときな、痛い目を見るだけだぜ」

兄貴分の言葉に気付いた仲間が武左衛門を蹴り付ける足を止めて、磐音たちを見た。

いずれも渡り中間で、相手次第では鬼にも蛇にもなるという手合いだ。中には背の帯に差し込んでいた木刀で武左衛門を殴っている者もいた。

「兄い、どうした」

「この二人が、そいつの折檻をやめろとよ」

「やめてもいいが、仲裁料を払うんだろうな」

「はてな、直にさんぴんに訊いてみな」

と顎《あご》で磐音たちを指した。

「聞いてのとおりだ。仲間を助けたければ一両ばかし仲裁料を払いな」

「一両だと、法外な。そんな金、払う要はないぞ！」

地べたに転がったまま武左衛門が叫んだ。

「残念ながら、さような持ち合わせはない」

磐音の言葉はあくまでのんびりと聞こえた。

「ふざけやがって。おれたちは本所の陸奥弘前藩津軽越中《えっちゅう》様の中間部屋の面々だ。五万石の体面にものを言わせて、口にしたことはやり通すぜ」

と木刀を手にした中間が磐音の前に立った。

六尺を優に超えた背丈の上に、印半纏《しるしばんてん》から出た腕も足も丸太のように太かった。

「津軽様の名など持ち出してはいかぬな。大方、そなた方は、あちらこちらの屋敷を渡り歩いているのであろう」

磐音の言葉に巨漢が疾風《はやて》のように動き、木刀を磐音の眉間《みけん》に叩《たた》き付けてきた。

磐音は狭い間合いを読みきって体を開き、木刀を握った手首を逆手に取ると捻《ひね》り上げながら、突進してきた巨体に体を預けた。

磐音の腰に乗せられた巨体が虚空で一転して地面に叩き付けられ、
うう一ん
と呻《うな》ると気を失った。

「やりやがったな」

仲間たちが木刀や匕首《あいくち》を抜いて磐音を囲んだ。

磐音の手には巨漢の木刀が残されていた。

「やめておいたほうがいいな。この仁は神保小路《じんぼうこうじ》の直心影《じきしんかげ》流佐々木《ささき》道場の高弟だ。おぬしらの腕では太刀《たち》打ちできぬ、今宵《こよい》は引き上げよ」

と柳次郎が諫める風で唆《そそのか》した。

「剣術遣いが怖くて渡り中間なんぞやってられるか!」

「やっちまえ!」

仲間の中間四、五人が一斉に磐音に殺到した。

秋の宵《よい》の河岸に春風駘蕩《しゅんぷうたいとう》たる風が吹き抜けたようだった。

磐音の長身が軽やかに舞い動き、木刀がぽんぽんと軽く振るわれて、中間たちの手から匕首やら木刀が飛び、さらには手首や肩口を打たれて、地面に転がった。

兄貴分が呆然と立っていたが、

「今夜は引き上げだ!」

と叫んで巨漢の仲間を引きずりながら、入江町の西に広がる屋敷町の路地へと姿を消した。

見物の輪から拍手喝采《かっさい》が湧《わ》いた。すると武左衛門が、

「おぬしら、ただで見物する気か。おれの膏薬《こうやく》代にいくらか投げ銭をしてくれぬか」

と叫んだ。

「馬鹿野郎、てめえが撒《ま》いた種じゃねえか」

という声が飛び、忽《たちま》ち見物の輪が消えた。

するとそこに、地蔵の竹蔵親分と手先が立っていた。

「騒ぎというので駆け付けましたところ、坂崎様に一足先を越されました」

と苦笑いした竹蔵が、

「騒ぎの因《もと》はまた竹村の旦那かえ。酒で身を滅ぼしますぜ」

と武左衛門に小言を言った。

「親分、それがしになんの罪科《つみとが》もござらぬ。それを、相手が衆を頼んで喧嘩《けんか》を売ったのだ。大方、この竹村武左衛門に飲み代でもたかろうと考えておったのであろう」

「竹村さんの風体《ふうてい》だ、酒代を持たせようなんてだれも考えませんぜ」

と竹蔵が少々持て余し気味に答えたところに、幾代の叱声《しっせい》が放たれた。

「浪々の身とは申せ、なんという醜態です。お長屋には年頃の娘御がそなた様の帰りを待っておられましょう。もし子供衆がかような父上を見たら、なんと思われるか考えなされませ。竹村武左衛門どの、これ以上、恥をかかぬうちに長屋にお戻りなされ。もし言うことを聞かぬと申されるならば、この品川幾代がこの場にて手打ちにいたします。柳次郎、そなたの剣を貸しなされ！」

凜然《りんぜん》とした声に、

はっ

とした武左衛門が、

「これは柳次郎の母御、まことにもってえらいところにお出ましで。いえ、これはほんの座興にございまして、この界隈の酒屋ではよくある風景にございます」

としどろもどろの言い訳をすると、

「皆の衆、今宵はこれにて御免」

と言い残し、吉岡町の長屋に向かって脱兎《だつと》の如《ごと》く走りだした。

「折角、萩見物の余韻を楽しんでおりましたものを」

「母上、そう申されますな。これも浮世にございます」

「柳次郎、そなたの友選びはちぐはぐです。よいですか、坂崎様のような方を手本にお選びなされ」

と諭《さと》す言葉に竹蔵が破顔して、

「全く、坂崎様と竹村の旦那は好対照ですからね」

と言った。

磐音は船着場に駆け下りて、待たせていた猪牙舟の代金を払おうとした。すると騒ぎを川から見物していた船頭が、

「お代はお内儀様からいただきやした。当節、武家の家も様々でござんすね」

と苦笑いで言い残すと舟を出した。

再び河岸に戻った磐音の耳に、

「竜眼寺の萩見物の名残りに、蕎麦なんぞどうです」

と地蔵蕎麦の主でもある竹蔵が誘う言葉が聞こえた。

「お言葉に甘えましょうかね」

と言う幾代の声に一同は法恩寺橋際の地蔵蕎麦に向かった。

磐音は本所石原町から御米蔵の裏手を竪川へと急いでいた。

地蔵蕎麦で打ちたての蕎麦を馳走になり、磐音と柳次郎は酒もいただいた。

「親分、金兵衛どのと長屋の住人に蕎麦を持ち帰りたいのだが、頼めるかな」

「お安い御用で」

四方山《よもやま》話に時を過ごし、持ち帰りの蕎麦の包みを受け取った。磐音が代金を支払おうとすると親分が、

「わっしが誘ったんだ、お代なんぞいただけますかえ」

と言うのを、

「今日は幾代様に馳走になった上に帰りの舟代も払うていただいた。それがしの顔も少しばかり立てさせてもらいたい。それに蕎麦は親分の商い、いつもいただいてばかりでは気が引ける」

と蕎麦代をなんとか竹蔵の手に押し付けた。

磐音は幾代と柳次郎の親子を屋敷前まで送り、吉岡町の半欠け長屋に廻った。

刻限は五つ（午後八時）過ぎ、竹村家はまだ寝てはいまいと考えたのだ。果たして灯りが点っていた。

長屋の戸口で訪《おとな》いを告げると勢津の声がした。

戸を押し開くと勢津が内職の鼻緒作りに精を出し、その後ろから武左衛門の高《たか》鼾《いびき》が聞こえてきた。

「かような刻限に相すまぬが、最前ちらりと竹村さんを見かけたゆえ、様子を見に立ち寄りました。地蔵の親分の打った蕎麦です、明日にでも食してください」

と上がりかまちに蕎麦を置き、戻ろうとすると、

「坂崎様、いつも気にかけていただき、申し訳ございませぬ。豆州のお手当ても品川様が私に渡してくださったものですから、武左衛門は酒代にも事欠くと愚痴《ぐち》を申しておりました。それでも私が渡さぬものですから、方々の酒屋で迷惑をかけているようです。今宵もまた飲んだくれて、たれぞに殴られたかしたのでしょう。戻ってくると一頻《ひとしき》り分からぬことを喚いていましたが、あのように眠り呆《ほう》けてしまいました。情けのうございます」

「勢津どの、苦労なさいますな。竹村さんの肩にもずしりと生計が伸《の》しかかり、時に酒に逃げたくもなるのでしょう。辛抱してください」

「それは武左衛門だけではありませぬ」

磐音はただ頷《うなず》いた。

「坂崎様、冬場の仕事がないときのこと、子供が病にかかったときのことを考えますと、今津屋さんで稼がせていただいた金子を武左衛門に渡すわけには参りませぬ」

「竹村さんはよき内儀と子らに恵まれました」

と答えた磐音は黙礼すると戸を閉じた。

竹村の長屋に立ち寄ったせいで刻限は五つ半（午後九時）を過ぎていた。ようやく竪川が見えた。

二ッ目之橋を渡り、大川へと少し下り、六間堀へと入った。もはや町内だ。磐音の足の運びも緩《ゆる》やかになった。

松井橋、山城橋、北之橋、さらには中橋を過ぎると、御籾蔵《おもみぐら》の裏手の練塀が河岸沿いに続く。そこを過ぎれば金兵衛長屋の路地が口を開けていた。

磐音の足が止まった。

待っている者がいた。

（さては先ほどの渡り中間が仕返しに来たか）

と常夜灯のうすぼんやりとした灯りを透《す》かすと、五人ほどの武士だった。

渡り中間の仕返しではない。

一人は頭巾《ずきん》に面体を隠していた。だが、絹物の羽織袴から推測して屋敷務めの武家のようだった。

残りの四人は浪人者のようで、明らかに金で雇われた者たちだ。

「それがし、この近くの長屋に住む者にござる。道を空けていただきたい」

磐音の声は夜の河岸にのんびりと響いた。

「そなた、坂崎と申す浪人者か」

「いかにも坂崎磐音と申します」

「要らざる節介をしたそうな。懲らしめる」

「どなた様でございますな」

「松田《まつだ》派新陰流の道場を市谷《いちがや》御門近くに構える小栗伝内為定《おぐりでんないためさだ》」

屋敷奉公ではなく道場主という。よほど金持ちの後見が控えているのだろう。

「小栗どの、それがしになんぞ因縁がございますか」

「そなたにはない。だが、ちとこちらに曰《いわ》くがある。要らざる節介のためと考えよ」

と二度ほど同じ言葉を小栗が吐いたとき、

「なんと、御小普請支配の用人どのに頼まれなされたか」

と磐音は鵜飼百助の研ぎ場での諍《いさか》いが原因の待ち伏せかと気付かされた。

「問答無用」

小栗が手を上げ、四人の浪人剣客が剣を抜いた。

磐音は、

(今宵は二度も汗を流すことになったぞ)

と考えながらも、六間堀を背にするように移動して包平を抜き、峰に返した。

四人が半円を描くように位置取りし、思い思いに剣を構えた。

磐音は四人を見渡し、左から二番目の壮年の剣士に狙《ねら》いを定めた。

正眼《せいがん》の構え、乱れぬ呼吸、左右との間合いなどを考え、一番腕が立つと推測したのだ。

「そなた、流儀はいかに」

「神保小路の直心影流佐々木玲圓《れいえん》先生の末席を汚す者にございます」

「なにっ、佐々木道場の門弟とな」

小栗の口からその言葉が洩れ、右端に立つ長身の剣客が八双《はっそう》の長剣を振り下ろしながら突っ込んできた。

磐音の包平が八双からの斬り下ろしを軽く弾《はじ》き、二の手に繋《つな》げようとした剣客の胴をしたたかに抜いていた。

ばしり
と鈍い音がしてたたらを踏んだ剣客は、六間堀に頭から転落して派手な水音を響かせた。

その瞬間、磐音の体が乱れたと見た壮年の剣客が正眼の剣を引き付けて、迅速の攻撃を仕掛けてきた。

だが、磐音の包平はすでに迎え撃つ姿勢にあった。

剣と剣が絡んだ。

その瞬間、壮年の剣客は初めての経験をした。

弾き返そうとした剣が真綿で包《くる》まれたように身動き一つできなくなっており、咄嗟《とっさ》に力で押し込み、その隙《すき》に間合いを外そうと試みた。

押した、押し込んだ。

刃が外れた。

反撃の一手を考えた瞬間、峰に返した包平の豪剣が肩口を叩き、その場に崩れ落ちるように転倒した。

一瞬の間に二人の剣術家が倒され、残る二人に迷いが生じた。

「小栗どの、どうなさるな」

磐音の長閑な問いかけにしばし返事はなかった。だが、

「ちと甘く見たようだ、出直す」

と言って小栗は二人の浪人剣客を残し、一人、闇《やみ》に消えた。

「仲間を助けて引き上げなされ」

磐音はこの言葉を残すと、金兵衛長屋の路地にするすると下がった。

四

翌日、宮戸川の仕事を終えた磐音はその足で法恩寺橋に行き、地蔵の竹蔵親分に会った。

昨夜の一件を告げ、鵜飼百助に危害が及ばぬように見廻りを願ったのだ。

「そんなことがございましたので」

と驚いた竹蔵が、承知し、

「鵜飼様が屋敷の外に出られることはまず滅多にございません、手先を二人ばかり、鵜飼様に分からぬように付けやしょう。なにしろあのように気の強いお方だ、町方が見張っているなんてことが知れるとうちに怒鳴り込んでこられましょうからな」

と苦笑いした。

「それにしてもちっと度が過ぎるんじゃねえんですかね、その御小普請支配どのは」

「いえ、その用人です」

「主の命がなけりゃあ、出入りの道場主を動かして坂崎様を襲おうなんて真似は、用人風情《ふぜい》にできるもんじゃねえ」

「そのようなものか」

「そうですとも。坂崎様、市谷御門近くの松田派新陰流小栗伝内と名乗ったのが運のつきだ。わっしがこれから市谷まで出張《でば》って調べてもようございますかね」

「親分にお任せしたのだ、自在にしてくだされ」

「へえっ、有難うございます。無論のこと、木下の旦那の指図を仰ぎながらの探索ですが、どうも道場主を使った手口が気に入らねえ。相手が坂崎様でようございました、腕に覚えのない者なら大怪我《おおけが》をしておりますよ」

と竹蔵が磐音の前で手先たちに手配りをした。

磐音は安心して六間湯に立ち寄り、いつものようにさっぱりとした顔で、

「昼餉をどうしたものか」

と米櫃《こめびつ》の中身を考えた。

米は一升ほど残っていたはずだが、菜は、数日前長屋に来た棒手振《ぼてふ》りの青物屋から買い求めた茄子《なす》が二本残っているだけだ。

(米と茄子でどうしたものか)

判じ物のような言葉を頭に浮かべて猿子橋を渡り、金兵衛長屋の路地に入ると、どてらの金兵衛とおこんの親子が磐音を出迎えた。

おこんがいるだけで金兵衛の顔が明るく綻《ほころ》び、長屋の界隈が、
ぱあっ
と光が射《さ》したように明るかった。

「掃き溜《だ》めに鶴とはこのことにござるか」

「掃き溜めとはうちのことですかえ」

と文句を付けながら金兵衛の顔は笑っていた。

「近頃、口だけはうまくなったようね。道理で、鳥取藩の重臣のお姫様がお駕籠を六間堀に乗り付けるってわけね」

おこんが笑いもせず言ってのけた。

「あの一件、それがしにはなんの罪科《つみとが》もござらぬ」

「若侍に扮した桜子様が襲われているところに助けに入ったのは、坂崎磐音という人じゃなかったっていうの」

「多勢に無勢の所業、あれは致し方ござらぬ」

「ほれ、ごらんなさい。自分から顔を突っ込んでるんじゃないの。これで関わりがないとでもいうの」

おこんの舌鋒《ぜっぽう》に磐音がやり込められているところを、木戸口から長屋のおかみさん連中がにやにや笑いながら眺めていた。

磐音は慌てて話題を転じた。

「おこんさん、本日は里帰りにござるか」

「そうだ、うっかり御用を忘れるところだったわ。老分《ろうぶん》さんから、坂崎様にちょいとお付き合いをと言付《ことづ》かってきたんだったわ」

「ならば昼餉を食した後にお訪ねします」

「昼餉なんて今津屋で食べればいいでしょう。さあっ、このまま一緒に行きましょう」

とおこんに促され、

「ならばそれがし、おこんさんと一緒に大川を渡ります」

と金兵衛に言った。

「駕籠の姫様にさ、勾引《かどわか》されないように、おこんちゃんが先に攫《さら》っていったよ」

長屋の女たちが言い合う中、磐音は廻れ右をして、今来た道へと向きを変えた。

「おこん、ちったあ、女らしく優しい口を利《き》いたらどうだ。見てみな、長屋のかみさん連中がおめえの気の強いのを噂しているぜ」

金兵衛の注意を背で聞いたおこんが振り向きざま、

「おっ母さんはもっと厳しかったわ。それにお父っつぁんは惚《ほ》れたんでしょ」

と言い返した。

今日も秋日和《あきびより》だ。

穏やかに降り注ぐ陽射しを受けて、磐音とおこんは、深川から両国橋東詰の広小路に出た。

夏の日中は人の数も少なかったが、秋風が吹くようになって、見世物小屋や食べ物屋も息を吹き返していた。

「おこんさん、老分どのの御用とはなんであろうか」

両国橋を渡りながら、磐音が訊いた。

「四谷御門近くの大名家のお屋敷に伺うと聞いたけど、よくは知らないわ。帰りが遅くなると堀端は物騒だから、坂崎様に同行を願うんじゃないかしら」

ということは、融通していた金子を返済してもらうために由蔵が行くのだろう。

「出かけるのは七つ半(午後五時)の刻限だそうよ」

「ならばだいぶ余裕がある」

二人は肩を並べて両国西広小路に入っていった。

こちらも人込みで混雑していた。

川向こうの広小路が気取りのない様子を見せているのに対して、さすがに御城近くの見世物小屋だ、どこかおっとりとしていた。

二人は賑わう広小路の人込みを抜けて、今津屋の前に出た。

「おや、これはお早い到着ですな」

帳場格子《ごうし》の中から大勢の奉公人の働きぶりや客たちの様子に睨みを利かせていた老分番頭の由蔵《よしぞう》が言った。

「だって、野放しにしておくとどこへ飛んでいくかしれないんですもの。だから、早めにおでまし願ったんです」

「坂崎様はまるで糸の切れた凧《たこ》のようですからな」

「だって、人がよいのか、諍いにはなんでも首を突っ込むんだもの」

と言い残しておこんが奥へ入ると、店先に残された磐音に由蔵が、

「未だ鳥取藩のお姫様の一件が尾を引いているようだ」

と呟いた。

「甚《はなは》だ迷惑しております」

「台所に行っても居心地が悪いでしょう、後見の席に座りなされ」

由蔵に言われて磐音は大小を腰から抜くと帳場格子の陰に隠すように置き、お店の手代の風情で由蔵のかたわらに座した。

「なんぞ騒ぎがございましたので」

「老分どのは察しがよいな」

驚いた磐音は鵜飼百助の屋敷に始まる騒ぎを告げた。

「御小普請支配はとかく評判が悪うございます。なにしろ無役の旗本、御家人はなんとか役料のつく役職に就きたい一心で、なけなしの品や金子を持参します。

しなければ用人が玄関先でけんもほろろの扱いです」

「御小普請支配にはさような力があるのですか」

「力はありませんが、幕閣から御賄方に何名の欠員あり、推薦せよと命じられたとき、小普請入りの中から選ぶ権利を持っておりますでな、日頃の御小普請支配の付き合いが利いてきます」

「そのようなものですか」

四半刻（三十分）も帳場格子に座って由蔵の相手をしているとおこんが、

「老分さん、坂崎さん、昼餉の仕度ができました」

と呼びに来た。

「雑談しただけで昼餉を馳走になってはちと気が引けるな」

独り言を洩らす磐音と由蔵は台所に行った。

広い板の間に膳が何十も並ぶさまは壮観だった。

鮭《さけ》の身をほぐして炊き立てのご飯にまぶし、炒《い》り胡麻《ごま》を振りかけた混ぜご飯に、茄子の味噌《みそ》汁と佃煮《つくだに》、内藤新宿はずれの柏木村で採れた鳴子瓜《なるこうり》の浅漬けだ。

「これは美味《おい》しそうな」

磐音の目は鮓桶《すしおけ》に入れられた鮭ご飯に釘付けだ。

「坂崎さんは嫌いな食べ物があるの」

「嫌いな食べ物などござらん。子供の頃は茄子が苦手でしたが、それを母上に言うと、それから毎日茄子ばかりが膳に上がり、仕方なく食べているうちに好きになりました」

「うちでも茄子の味噌汁よ。たんとお食べなさい」

「いただきます」

老分以下十余人ほどが席に着き、食事を始めた。

商家の昼食《ちゅうじき》だ。

奉公人たちは、あっという間に平らげて膳を自ら下げ、店に戻っていく。まるで戦場だが、由蔵と磐音の席にはのんびりとした時が流れていた。

ただ無心に鮭飯を堪能《たんのう》し、

「この瓜は美味《うま》い」

と独り言を言いながら没頭した。そして、磐音が辺りを見回す余裕ができたとき、すでに二番手の男衆《おとこし》が食事の最中だった。

「昨日、品川家の菩提寺の竜眼寺に墓参に誘われ、萩を見物してきました」

「あら、品川さんちのお寺さんは萩の寺なの。この季節、人出が多かったでしょう」

「なかなかの賑わいでした。しかし、料理をいただいた中庭はわれら三人だけで、紅紫色の萩と白萩を静かに賞玩《しょうがん》いたしました」

小僧の宮松《みやまつ》が由蔵の前に現れ、ちゃんと座して、

「南町の木下一郎太様と地蔵の親分さんがお見えです」

と伝えた。

「うちの用事ではなさそうだ。店先ではなんですから、お二人をこちらにご案内しなされ」

と由蔵に命じられ、宮松が下がった。

そのすぐ後に一郎太と竹蔵が今津屋の台所に姿を見せた。

「かようなところで恐縮ですが、店先よりも落ち着きましょう」

「老分どの、恐縮です」

「木下様、やはりうちの用事ではないようですね」

と由蔵が言った。

「確かに、坂崎さんに用があって参りました。ですが、うちの年番方与力は今津屋様にも知恵を借りろと命じられました」

「ほう、坂崎様の用事に今津屋の知恵、なんでございましょう」

と言う由蔵に竹蔵が、

「鵜飼百助様の一件です」

と言いだした。

「あれですか」

と由蔵が相槌《あいづち》を打ったとき、おこんが、

「ようこそいらっしゃいました」

と顔馴染みの同心と親分に茶を運んできた。

「おこんさん、造作をかけます」

と竹蔵が如才《じよさい》なく挨拶し、磐音がその様子を見ながら、

「先ほど老分どのには掻《か》い摘《つま》んで聞いていただきました」

と答えていた。

「それならば話が早いや。わっしはあれから市谷御門に飛び、田町の同業に問い合わせたんですが、松田派新陰流小栗道場の羽振りのよさは、後ろに御小普請支配、旗本三千四百石逸見筑前守実篤様がおられることがあっさりと知れました。

数年前、小栗伝内は逸見様の庇護の下に道場を開いたんだが、どうも同業の口ぶ

りが重いので、こいつはなにかありそうだと、わっしはさっと引き上げて南町に木下様を訪ねたんで」

と竹蔵が説明し、一郎太が補足した。

「旗本が絡む話ゆえ、笹塚様にお伺いを立てました。すると膝《ひざ》を乗り出してこられたのです……」

「……さすがは坂崎が絡む話、小判の匂《にお》いがぷんぷんといたすな」

「笹塚様、相手は御小普請支配、三千四百石の旗本です」

「一郎太、やり方次第でいかようにもなる、わしはそう睨んだ」

と薄ら笑いした笹塚は、

「種明かしをいたすとな、御小普請支配の逸見様はとりわけ付け届けに厳しいという苦情を耳にしておるのだ。当然、御目付《おめつけ》も狙いをつけておられる。御小普請支配が旗本、御家人相手に無法を働いているだけなら、奉行所は手が出せぬ。だが、町道場主を使うているところをみると埃《ほこり》はいくらも出てこよう」

どうやら笹塚孫一の大頭には隠された情報が詰まっているようだと一郎太は見た。

「逸見が研ぎに出した改鑿の勢州村正が尻尾《しっぽ》を出しそうな気がする」

と言った笹塚は、

「一郎太、今津屋に立ち寄り、老練な老分番頭どのに、御小普請支配になんぞ後ろめたい話はないか聞いてこい」

と命じたのだ。


「南町の知恵者与力様が、この由蔵のことを老練な老分番頭と言われましたか。古狸《ふるだぬき》と呼ばれなかっただけでも、よしとしましょうかな」

とまんざらでもなさそうな由蔵が、

「一つだけございます」

「ほう、ありますか」

「風聞の段階ですので詳しく調べなければなりませんが、小栗様は付け届けの品を金子に替え、それを御家人、町方相手に貸しておるという話です。少し時間《とき》をいただければ、一つ二つきちんとした話ができましょう」

「さすがは今津屋様の知恵袋、たちどころにこれだ」

と感心した一郎太が磬音に向き直った。

「笹塚様からの言伝《ことづて》です。この話、大きく育てるによって、しばし時がかかる、心して待て、とのことです」

「木下どの、それがし、南町奉行所の奉公人ではございません」

「はい、心得ております」

一郎太が平然と応じた。

「ならば、この話、笹塚様にお返しいたします」

「笹塚様はわれらより坂崎さんに信頼を置かれて、金子になる話は坂崎磐音に限ると申されております」

「さようなこと……」

磐音は憮然とした顔をした。

笹塚孫一が乏しい探索費を補うために、悪事を働いて金を集めた者から押収した金子の一部を勘定方に回さず、手元に置いてその費《つい》えとしていることを磐音は承知していた。だが、その一部とて笹塚が私用に遣うことはない。そのことを奉行所中も承知していた。とはいえ、そうそう頼りにされてもと、磐音の胸の中は複雑だった。

「坂崎さんったら、女ばかりか男衆にも頼りにされるんだから」

おこんが呆れたように呟き、困惑の表情の磐音を愛おしそうに見た。

磐音と小僧の宮松は四谷御門近くに止めた猪牙舟で由蔵の帰りを待っていた。

船頭は船宿川清の小吉《こきち》で、馴染みの仲だ。

内藤新宿からか、時鐘が五つ（午後八時）を告げ、磐音はいささか不安になっていた。

いつもは供の磐音に、

「どこそこの屋敷に伺います」

と教えてくれるのだが、今日は、

「相手様が殊の外体面に拘《こだわ》るお屋敷でしてな、私一人が返済金を受け取りに参れと厳命されております。屋敷にいるのはせいぜい半刻《はんとき》（一時間）でしょう。しばらく舟でお待ちください」

と猪牙舟に磐音と宮松を留めて一人で出かけたのだ。

「坂崎様、少し遅いですね。老分さんがお出かけになってもう一刻（二時間）が過ぎてますよ」

「宮松どの、今しばし待とう」

それから四半刻ほど待った末に磐音は辛抱しきれず、

「それがしが見て参る」

と猪牙舟から河岸端の道に上がった。

道の反対側には麴町《こうじまち》の町屋が続いていたが、お店はすでに大戸を閉ざしていた。

磐音は四谷御門の前を南に向かった。

由蔵が一人夕暮れに向かった先がそちらの方角だったからだ。

麴町から四谷伝馬町と町屋が続き、ふいに辺りは静けさを増した。この先には大名家や旗本屋敷が広がっていた。

静寂に沈む界隈の屋敷の一軒を由蔵は訪ねたはずだが、それがどこなのか見当も付かなかった。

磐音はしばし堀端に佇《たたず》んでいた。

ゆるゆると時が流れ、ふいに提灯の灯りが遠くに浮かんだ。

磐音はそれが今津屋の提灯かどうか確かめようと近付いていった。

両替商の象徴ともいうべき分銅《ふんどう》の紋が見えた。

(やれ、由蔵どのだ)

と磐音がほっと一安心したとき、ばたばたばたという足音が響き、提灯を取り囲んだ。

「なにをなさいますな」

由蔵の声は震えていた。

「金子など身につけておりませぬぞ」

覆面の侍は三人だ。明らかに屋敷奉公の侍であった。

「まさか松平《まつだいら》様のご家来衆ではありますまいな」

無言の三人が剣を抜いた。

磐音も包平を抜くと峰に返して、諍いの場に走った。

三人が由蔵を攻撃するのも無言なら、磐音がその者たちを襲ったのも無言だった。

包平が闇に一閃《いっせん》して、立ち竦《すく》む由蔵の肩口を斬りつけようとした侍の胴を激しく叩き、
うっ
という押し殺した呻き声とともに相手が転んだ。

「坂崎様」

由蔵が磐音に気付いたとき、峰に返された包平が左右に斬り分けて、残る二人

の肩と胴をしたたかに叩いていた。

一瞬の間に三人の襲撃者たちは地面に転んだ。

「お怪我はござらぬか」

ふーうっ
という呻き声がして、

「噂はいろいろと耳にしていたのですが、ちと油断をしました。この馬鹿げた真似はお屋敷にとって高くつきますぞ」

と言うと、気を失って倒れている侍の腰から凝った革細工の煙草入れを抜き取った。

「坂崎様のお迎えがなければ、今頃私は三途《さんず》の川を渡っていましたよ。この五百両の返済金を渡し賃がわりにね」

と手に提げた風呂敷包みを磐音に見せた。

磐音は包平を鞘《さや》に納めると、

「それがしがお持ちいたす」

と由蔵の手から受け取った。

「さあ、舟が待っております」

「くわばらくわばら、命あっての物種です」

由蔵の声はまだ震えていた。

磐音は、

（松平とはどこの屋敷か）

と漠然と考えていた。

第二章　秋雨八丁堀

一

夜の中《うち》に雨が降り、長屋の板葺《いたぶ》き屋根を叩いた。だが、朝目覚めると、雨は上がり、肌にまとわりつく涼気がさらに秋の深まりを感じさせた。

磐音は宮戸川の鰻割《うなぎさ》きの仕事を終えると井戸端で丁寧に手足を洗い、顔を洗った。

「おや、浪人さん、今日は六間湯に行かねえのかい」

幸吉の言葉遣いは、磐音と二人だけだと昔に戻った。

「この足で神保小路に行き、稽古《けいこ》をいたす」

磐音は朝餉も頂戴することなく宮戸川を飛び出し、両国橋を渡った。

佐々木玲圓道場に着いたとき、いつもの朝より多いと思える門弟たちが打ち込み稽古に励んでいた。

磐音は早々に稽古着に着替えると道場に立った。すると目敏《めざと》く磐音の姿を見付けた玲圓が、

「坂崎、久しぶりじゃな。相手をいたせ」

といきなり師匠との打ち込み稽古をする羽目になった。

「お願いいたします」

気を引き締めた磐音は瞬時に師匠の打ち込みに没頭した。どれほどの時が経《た》ったか、

「磐音、竹刀《しない》を引け」

という師匠の声に我に返った。

「そなたの打ち込み、段々と巧妙になりおるわ。二の手、三の手を隠しておるが、かといって姑息《こそく》の剣ではない、なんとも不思議な剣よ。人柄もあろうが、道場剣法では会得《えとく》できぬ呼吸かのう」

と感心したような、呆れたような言葉を発した玲圓の顔にも汗が滝のように流れていた。

「よい機会だ。坂崎どの、お相手を願おう」

と声がかかった。

玲圓の剣友にして将軍家治の御側衆《おそばしゅう》の速水左近《はやみさこん》が竹刀を下げて立っていた。

「速水様、お手柔らかにお願いいたします」

磐音と速水は初めて立ち合った。

速水の剣は堂々とした、王者の剣といった趣があった。無論、年配者の速水との立合い、強弱は問題でない。

磐音は堂々とした竹刀捌《さば》きに、天下国論の場に身を置く者の風格を感じた。

四半刻（三十分）ほど立ち合い、双方竹刀を引き、正座して向き合った。

「見ると立ち合うとではえらい違いじゃな」

これが速水の最初の感想だった。

「懐が深いというか、それがしの打ち込みは全く届かぬわ」

と苦笑いする速水に磐音は、

「そうではございません。速水様の衒《てら》いのない立合いに必死で間合いを外そうとした結果にございます」

と答えていた。

速水と磐音が互いの健闘を称え合っているところに、玲圓が一人の青年武士を伴ってきた。目鼻立ちのはっきりした顔立ちで、造りがどれも大きかった。

「磐音、そなたと立ち合いたいと望む御仁がおられる。近頃、うちに出稽古に見えられる後部輝定《あとべてるさだ》どのだ。立て続けで疲れてもおろうが、望みを叶《かな》えてくれぬか」

玲圓の言葉には裏がありそうだった。

「後部にございます。よろしくご指導くだされ」

磐音に頭を下げた後部の顔には、ぎらぎらとした野心のようなものが垣間見えた。自信家でもあるのだろう、言葉とは裏腹に佐々木道場の門弟など歯牙《しが》にもかけぬという過剰な気概が、六尺豊かな全身に見えた。腕も長く、太かった。

「こちらこそお願いいたします」

二人が道場に立つと、驚いたことに、住み込み師範の本多鐘四郎《ほんだかねしろう》が他の門弟の稽古を中断させた。

玲圓が二人の間に立ち、立合い稽古というよりはなんとなく勝負の様相を見せていた。

「竹刀で打ち合う稽古だけでは慣れが生じ、緊張を欠く。偶にはこのような試合もよかろう」

と玲圓がだれに聞かせるともなく言い、

「勝負は三本。二本先取した者を勝ちとする」

磐音は玲圓の言葉を聞きながら、玲圓は後部の流儀を磐音に全く説明しなかったと思っていた。

後部と向かい合ったとき、一切の雑念を頭から振り払った。

「いざ、勝負」

玲圓の言葉に促され、両者は相正眼《あいせいがん》に竹刀を構えた。

構えは同じでも動きはまるで対照的だ。

後部の竹刀は四尺を超えていたが、その先端を上下に動かしながら、踏み込む間合いを計っていた。

これに対して磐音の竹刀は微動だにしなかった。春先の縁側で日向《ひなた》ぼっこをしている年寄り猫の風情で立っていた。

間合い数瞬の後、佐々木道場に奇声が響いた。

きええーっ
脳天から突き抜けるような後部の気合いは道場の高い天井に反響して、二人の対決者の体に襲いかかった。

後部の右足が大きく踏み込まれ、長身が飛鳥のように動いて、竹刀が引き付けられ、磐音の面を襲った。

豪快迅速の攻撃だった。

磐音はその場を動こうともせず、後部の竹刀に擦り合わせた。

その瞬間、後部の剛直な攻撃の勢いが、真綿に水が吸い込まれるように減じられ、その後、
ぱちん
と弾かれた。

後部の顔が歪《ゆが》み、弾かれて横に流れた竹刀を引き付けて二撃目を送り込もうとした瞬間、磐音の竹刀がしなやかに弧を描いて、胴を深々と抜いていた。

「胴一本！」

よろめいた後部がなにか玲圓に叫びかけ、やめた。

再び、両者は一間余の間合いで対峙《たいじ》した。

磐音の顔に全く変化はなかった。

だが、後部のそれは紅潮し、額に青筋が浮き上がって見えた。息も上がって、

肩が上下に激しく動いていた。

もはや勝負はついていた。

だが、後部は逆転の機会をぎらぎらとした両眼で狙い、再び飛び込みざま面を狙ったが、今度は磐音に小手を打たれて不覚にも竹刀を床に落としてしまった。

「小手一本、勝負あった」

と二人を元の場所に戻した玲圓が、

「さすがの福岡藩伝承柳生《やぎゅう》新陰流の後部輝定どのも、磐音の居眠り剣法には手を焼かれたようですな」

と笑みを漂わせた顔で言いかけた。

福岡藩に伝わる柳生新陰流は、柳生石舟斎《せきしゅうさい》の門人柳生松右衛門家信《まつえもんいえのぶ》が伝えたものだ。本名は大野氏だが、功あって柳生姓を名乗ることを許されていた。

「まやかしにでも遭うたようです。なぜ敗《やぶ》れたか、理解がつき申さぬ」

後部が悔しさを剝《む》き出しに吐き捨てた。

「後部どの、今のお言葉が居眠り剣法の真骨頂でしてな。いつとはなしに打ち込まれておるのです」

「佐々木先生、悔しゅうござる。また修行して出直して参ります」

と後部は玲圓にだけ言葉を残すと、早々に道場を立ち去った。

「磐音、今朝は稽古に来るのが早いように思うたが、鰻割きの仕事は休みか」

「いえ、参りました。ですが、早めに終わったゆえ朝餉抜きでこちらに駆け付けました」

「なにっ、磐音が朝餉抜きとな。それは哀れなことよ。うちで食していけ」

「馳走になってようございますか」

「速水様もそなたと話があると言うておられるでな」

磐音は住み込み師範の本多鐘四郎らを相手にさらに半刻（一時間）ばかり打ち込みを繰り返した後、朝稽古を終えた。

磐音が井戸端で汗を流していると鐘四郎が姿を見せて、

「坂崎、後部どのの一件、許せ」

と言った。

「後部どのの願いをおれが先生に仲介したのだ」

「そんなことですか」

「いやな、見てのとおり野心が丸出しでな、その上、うちの稽古ぶりを小馬鹿にするようなところが見受けられた。後部どのが先生と稽古をするそなたを見て、勝負がしたいと言いだしたのを幸い、おれが唆《けしか》けたのだ」

と悪戯《いたずら》でもした子供のような顔で暴露した。

「師範、おかげで冷や汗をかきました」

「なんのなんの、あやつは赤鬼のような形相《ぎょうそう》であったが、そなたは涼しい顔で終始しておったわ。後部どのは確かに強いが、勝ちたい勝ちたいばかりがああ表に出ては、稽古する相手にも不快が残る。これで清々した」

本多鐘四郎はさっぱりした顔で笑った。

「それより先生のところに早く行け。速水様が待っておられよう」

と鐘四郎に急《せ》かされて、身繕《みづくろ》いをした磐音は母屋に回った。すると玲圓と速水が茶を喫していた。

「坂崎どの、過日は豆州熱海の御用、ご苦労であったな。御普請《ごふしん》奉行原田《はらだ》播磨《はりま》の一件、そなたのお蔭《かげ》で片がついた。前々から悪《あ》しき噂が城中でも流れておったが、家光様以来の旗本でな、なかなか大目付《おおめつけ》も手が出せなんだ。それが豆州に出張って足を出しおったわ」

と説明した速水は、

「こたびの一件、家治様のお耳に達しておってな、外曲輪《そとぐるわ》の石垣普請の石調達に絡む不正もご承知じゃ。今津屋が津山《つやま》藩の援助をなし、そなたらが引いた馬の酒《さか》樽《だる》に金子を隠して熱海に向かったことも、そなたのことも、上様はご承知であるぞ」

「なんと、そのようなことまで」

「譜代の旗本家の改易に繋がる話、目付の報告は詳細に亘っておってな。豊後関前藩の国家老の倅《せがれ》になんぞ礼をせねばと仰《おお》せられたわ」

磐音は今津屋の要請で熱海へ出張ったことが城奥へ伝わり、家治の耳まで達していることに驚きを禁じ得なかった。また磐音が豊後関前藩の出ということも承知という。

「大目付どのが上申なされ、それがしに上様が問い直されて、お答えいたしたゆえじゃ」

「それがし、今津屋のお供で豆州行きに従っただけにございます」

「坂崎どの、上様のお立場もある。浪々のそなたになんぞ褒美《ほうび》というわけにも参らぬ」

　と応じた速水左近が、

「玲圓どの、先にお預けしたものを」

と願った。

玲圓は頷くと奥の間に入り、しばらくして錦《にしき》の布に包《くる》まれたものを持参してきた。一振りの脇差のようだ。

「磐音、速水家伝来の脇差粟田口吉光《あわたぐちよしみつ》を、そなたに褒美と預けられていたものだ」

と説明しながら速水に返した。

「お待ちください。先にも述べましたが、それがしの豆州行きは今津屋の御用を承《うけたまわ》っての旅、すでに十分に日当をいただいております。これ以上、それがしが褒美を受ける謂《いわ》れはございません」

「坂崎どの、そなたの働き、本来、徳川家の禄《ろく》を食《は》む者が行うべき務めにござる。それをそなたが両替屋行司《ぎょうじ》の今津屋を助けて、石垣修理の石の買い付けに奔走したのだ。そなたのことを上様のお耳に入れたそれがしに、坂崎磐音の居眠り剣法とやらを見たいものだなと仰せられ、それがしも面目を施した。これはそれがしの気持ちだ、受け取ってくれぬか」

と速水に差し出され、磐音は師匠を見た。

「お受けいたせ」

師の言葉に磐音も決心した。

「それがしの腰には過分の脇差にございますが、頂戴つかまつります」

と磐音は押しいただいた。

「拝見してようございますか」

二人に断り、磐音は心静かに布を解《ほど》いて吉光を抜き、鞘を払った。

粟田口吉光は、通称を藤四郎《とうしろう》といい、国吉《くによし》の弟子と伝えられ、鎌倉中期の名刀鍛冶《かじ》だ。とくに短刀の名手として知られていた。

刃渡り一尺七寸三分、身幅が広く、切っ先の幅も細らず、重ねの厚い体裁で、豪壮な作風だ。

「これは見事な……」

磐音は思わず溜息を洩らした。

「どうだ、磐音」

「それがしには勿体《もったい》のうございます」

と正直な感想を洩らした磐音は思わず、

「豆州熱海行きの御用で、それがし大小の名剣を手に入れることになりました」

「なにっ、そなた、たれぞから太刀《たち》をいただいたか」

「これは口が滑りました。この話をするにはそれがしの未熟を話さねばなりませぬ」

「話せ」

と玲圓が催促した。

速水も好奇心を露《あらわ》にして磐音を見ていた。

「致し方ありませぬ」

磐音は愛用の包平《かねひら》を長火鉢から転がり落ちた鉄瓶《てつびん》に斬り込んで、刃を毀《こぼ》した経緯《いきさつ》を語った。

それは売れっ子の女芸人たちが頻繁《ひんぱん》に姿を消す騒動の最中で起こったことだ。女大力のおちかも、美形の剣士である心鏡流《しんきょう》の松倉新弥《まつくらしんや》の虜《とりこ》になって一座から姿を消していた。

姉のおしづと父親で大力一座の親方千太郎《せんたろう》の頼みでおちか捜索に加わった磐音は、柳次郎の加勢でついにその塒《ねぐら》を見付けた。

木下一郎太や地蔵の竹蔵親分が加わり、塒を急襲しておちかを取り戻そうとしたのだが、まさか当の娘が抱え上げて投げた長火鉢の灰が舞う中、鉄瓶を斬りつけようとは考えもしなかったことだ。

「手は痺《しび》れるわ、刃こぼれは起こすわで、全く未熟な話でございました」

その経緯を聞いた玲圓と速水が呆れた顔をしていたが、そのうち笑いだした。

「それが熱海行きの直前の話です。刀を研ぎに出したはいいのですが、熱海まで六千両の大金を運ぶ警護の役を負いながら、差料もございません。どうしたものかと思案しておりますと、今津屋どのがそれでは御用が勤まらぬと、蔵の中の刀《かたな》簞笥《だんす》から刀を選ぶよう申し出られたのです」

「今津屋の刀簞笥ならば、名剣名刀がごろごろしておろう。大名家はどこも内所《ないしよ》が苦しいからな。そなた、なにを選んだ」

師匠の言葉にただ領いた磐音は、

「備前長船長義の一剣にございます」

「長船長義とな。見てみたいものじゃな」

「なんでも越前の大名家の持ち物だったとか」

「長船長義と粟田口吉光の大小がそなたの持ち物になったか」

「はい。過分なご褒美にございます」

「よいよい。名剣は名手の手にあってこそ生きるものだ」

と速水左近が鷹揚《おうよう》に笑った。

「速水様、大事に使わせていただきます」

磐音は納刀して押しいただいた。

玲圓の内儀おえいと女中が三人の膳を運んできて、刀談義は中断した。

「そなたの包平、研ぎ終えたようだな」

と玲圓が磐音の刀を見ながら言いだしたのは、朝餉を終えて、新しく淹《い》れられた茶を喫しているときのことだ。

「はい。鵜飼百助と申される御家人の名研ぎ師の手にかかり、見事に蘇りました」

「天神鬚《てんじんひげ》の百助か、江戸で一、二を争う研ぎ師だ。だが、かなりの変わり者と聞いておる」

速水が鵜飼百助の異名を持ち出した。

「鵜飼様が変わり者とは思いませぬ。御家人でありながら、刀研ぎ師の矜持もお持ちの方で、持ち主に不釣合いの刀を持ち込まれたり、好みに合わぬ刀剣の依頼を受けると、にべもなくお断りなさる筋の通った方です」

「金子では動かぬそうだな」

「はい」

と答えた磐音は、御小普請支配の用人との諍いの場に行き合わせたことを、この場で話すべきかどうか迷った。

「なんぞ面白い話がありそうじゃな。磐音、話せ」

「家柄に関わる話なれば、ちと差し障《さわ》りがございます」

「坂崎どの、そうと聞けばいよいよ身を乗り出したくなるわ」

と速水左近が催促した。

「速水様、お名前を伏せてようございますか」

「構わぬ、話すがよい。不都合ならばこの場だけのことといたす」

「勢州村正を正宗と改鑿《かいさく》した一振りを持ち込まれた用人どのがございました。それがし、その場に偶然行き合わせましたが、鵜飼様はいくら金子を積まれてもこの刀の研ぎはできぬと突っ返されました」

「なにっ、正宗を装う村正とな。これは聞き捨てならぬ。その家伝来のものか」

「いえ、お役目柄、付け届けに貰《もろ》うた刀ではないかと鵜飼様は推量しておられました」

「付け届けのきく役職となれば幕閣の者か直参旗本しかおらぬ」

しばし思案した速水は、

「それがし、目付でも大目付でもない。だが、上様の御側衆として不正を見過ごしにはできぬ。坂崎どの、この一件、尾を引くようならば、それがしにそっと知らせてくれぬか」

有無も言わせぬ速水左近の口調に、

「承知しました」

と磐音は受けざるを得なかった。

二

神保小路からの帰り、磐音は気分を静かに高ぶらせながらも今津屋に立ち寄った。

帳場格子の中には今津屋の店先の総指揮をとる老分由蔵の姿はなかった。筆頭支配人の林蔵《りんぞう》が、

「後見、老分さんなら用談中にございますよ」

と客と応対していることを告げるように店奥の座敷に目を向けた。頷いた磐音は、今津屋の前に乗り物が止まっていたことを思い出した。

磐音は店の端から奥へと続く細長い土間を伝い、台所に行った。そこでは今津屋の女衆《おんなし》が昼餉の仕度に追われていた。

「あら、坂崎さん、昼餉にはまだ少し早いわよ」

とおこんが声をかけてきた。

「今日はお腹《なか》が空《す》いておりませぬ。神保小路の佐々木先生のお宅で遅い朝餉を馳走になったばかりです」

「おや、そうなの」

おこんは、磐音が手にした錦の布に包まれた脇差を気にした。

「熱海行きのご褒美です」

と御側衆速水左近から粟田口吉光を頂戴した経緯を話した。

「驚いたわ。熱海行きがそんな波紋を呼んで、坂崎さんのことが上様のお耳にまで入ったなんて」

「それがしばかりではござらん。今津屋どののことも上様はご承知だそうです」

「奥に行きましょう。これは旦那様にご報告しなくちゃ」

磐音はおこんに手を引かれるように、今津屋吉右衛門が帳簿を山積みにして精査する奥座敷に連れていかれた。

「旦那様、大変です」

吉右衛門が帳簿から顔を上げ、血相を変えたおこんを見て、

「おや、坂崎様もご一緒ですか。おこん、どうしたな」

と訊いた。

「旦那様、うちのことが公方様《くぼう》のお耳に届いているそうにございます」

「おこんとしたことが慌てふためいて、様子がちっとも分かりませんよ」

吉右衛門が磐音を見上げた。

磐音は廊下に座すと、手にしていた包平と粟田口吉光をゆったりとした動作でかたわらに置いた。

「今津屋どのにはご機嫌いかがにございますか。過日の熱海行きでは過分なお心遣いをいただき、恐縮いたしております。また品川家でも竹村家でも……」

と挨拶する磐音に、

「坂崎さん、そんなことは後よ、あと。旦那様にお話しするのは御側衆速水様のお話でしょ」

とせっついた。そこへ客を送り出したか、由蔵が顔を見せた。

「老分さん、おこんが一人で慌てておりますよ」

由蔵がその場をさっと見回すと、

「坂崎様が持ち込まれたお話のようだ。おこんさんの狼狽《ろうばい》ぶりはさておき、坂崎様、お話を聞かせてください」

と言った。

「はい。今朝、宮戸川の仕事の後、神保小路の佐々木道場に参り、稽古をいたしました」

「それもいいの。その後、御側衆の速水様からあった話をして」

深川育ちのおこんがじれったそうに促した。そこで磐音は脇差粟田口吉光を頂戴した経緯を悠然と語った。

「なんと、津山藩の御用のことを上様がご存じでしたか」

「はい、今津屋どのが津山藩を助けて外曲輪の石集めに奔走されたことも、六千両を酒樽に隠して旅をされたこともご承知だそうにございます」

「なんとまあ、さようなことまで」

由蔵が感嘆したように言った。

「無論、坂崎さんのこともよね」

おこんが口を挟《はさ》む。

「御普請奉行の不行跡との関わりで、今津屋どのの名もそれがしの名も出たようです。上様がそれがしになんぞ褒美をとらせたいがと仰せになられたそうで、上様に成り代わり速水様が伝来の脇差をそれがしに……」

「これは目出度《めでた》い」

と由蔵が叫んだ。

「そうなんです。だから私が申し上げているのに」

「おこんが慌てふためくのも無理はありませんな」

と吉右衛門も答えた。

「なんにしても坂崎様のお人柄が上様に達したのはよいことです。前々から申し上げておるように、坂崎様が世に出られる瑞祥《ずいしょう》にございますよ」

と由蔵も応じた。

「それがし、そのような大望は持ち合わせておりませぬ。今のままの暮らしで十分でござる」

「周りがやきもきしても当人がこれだもの、張り合いがないわ」

「おこんさん、お話ししたらなにやら腹が空いてきました」

「呆れた。上様のお耳に坂崎磐音の名が届き、出世するかもしれないってときに、お腹が空いただなんて」

「おこん、そこが坂崎様のよいところですよ」

と言った吉右衛門が、

「この話、ここだけの話にしておきましょうかな」

と思案顔で釘を刺した。

「旦那様、なんぞ差し障りがございますか」

「そうは思いませんが、上様の周りには速水左近様のように忠勤をお励みなされ、清廉潔白な方ばかりとは限りません。津山藩への融資を曲解して受け止められる方もおられましょう、となると、坂崎様にも今津屋にもどのような災難が降りかかるやもしれませぬ」

「これは老分としたことが有頂天のあまり、気付かぬことでした。旦那様のおっしゃることは、ありうる話です」

「なんだか話が尻窄《しりすぼ》まりになったわね」

とがっかりした様子のおこんが、

「昼餉の仕度をして参ります」

と台所に下がった。

「おこんを気落ちさせましたかな」

と苦笑いした吉右衛門が、

「いずれ内々でお祝いをいたしましょうかな」

と言いだし、由蔵も大きく頷いた。


秋雨が江戸の町に降っていた。

絹糸のような雨が鈍い光を放っていた。

磐音がいつものように宮戸川での仕事を終え、六間湯の湯船に浸かっていると脱衣場から地蔵の竹蔵親分が声をかけてきた。

どうやらなにごとかが出来《しゅったい》した気配である。

磐音は湯船から上がり、石榴口《ざくろぐち》を潜《くぐ》った。すると竹蔵の日に焼けた顔が緊張に引きつっているのが分かった。

「親分、なんぞ出来したか」

「へえっ、ちょいと」

言葉とは裏腹に顔付きは深刻だった。慎重にもその場で話さないことが、事の重大さを告げていた。

「しばし待たれよ」

磐音は急いで体を拭《ぬぐ》うと着物を着た。六間湯のおかみのお良《よし》に見送られて外に出ると竹蔵が、

「笹塚孫一様が辻斬《つじぎ》りに遭われたそうです」

と危難を告げた。

相変わらず細雨が降り続いていた。

「辻斬りにとな。なんということが」

「木下の旦那の小者《こもの》が使いに来たのですが、事情《わけ》を知らされてないのでさっぱり要領を得ませんで」

「怪我《けが》の具合はどうか」

「それもはっきりしませんで」

「どこにおられる」

「八丁堀の高崎玄斎《たかさきげんさい》先生の診療所に運ばれておられるとか」

「よし、参ろう」

雨を衝《つ》いて磐音と竹蔵は六間堀から新大橋を一気に走り渡り、八丁堀へと急行した。

南北町奉行所の与力同心が集まる八丁堀は医師が多いことでも知られていた。将軍家にお目見《めみえ》の適《かな》わぬ与力同心の大半は俸給も低かった。そのため拝領屋敷の一部を医師などに貸して暮らしの一助とする同心たちもいて、それはお目こぼしされていた。

磐音は知らなかったが、高崎玄斎もその一人だった。

南町の養生所見廻り同心の敷地に外科の看板を掲げた高崎の玄関先には強い緊迫感が漂い、数人の同心たちが不安そうな顔をして屯《たむろ》していた。

木下一郎太もいて、すぐに磐音のもとに来た。

「笹塚様の怪我の具合はいかがです」

「かなりの深手と聞き及んでいますが、われらには詳細が知らされません」

「辻斬りに遭われたそうだが、場所はどこですか」

「昨日、笹塚様は奉行所の帰り、小者の盛次《せいじ》を伴い、どこぞに立ち寄られたようです。ですが、盛次は笹塚様に口止めされたようで、どこに行ったか、どこで辻斬りに遭ったか、口を閉ざしたままです。斬られた笹塚様を盛次が背負って、この高崎医師のもとに担ぎ込んだのが未明のことです」

「手術は終わりましたか」

「先ほど終わったようです」

そんな問答をしているところに、

「木下」

と玄関先から初老の武士が一郎太を呼んだ。一郎太が磐音に、

「お奉行牧野《まきの》様の内与力池田《いけだ》勝一《かついち》様です」

と言うと、磐音を池田のそばに連れていった。

「池田様、坂崎どのがお見えです」

「おう、そなたが坂崎どのか。笹塚どのはなぜかそなたに会いたがっておられる。奉行の許しを得てある、会うてくれぬか」

磐音が一郎太の顔を見ると、

「お願いします」

という顔で頷き返した。

笹塚孫一は座敷に延べられた寝床にうつ伏せに寝ていた。背中には一面包帯が巻かれ、血が滲《にじ》んでいた。

荒い息をつく笹塚に初老の医師が付き添っていた。高崎玄斎だろう。

「笹塚どの、そなたが会いたがった坂崎どのが見えておる」

笹塚の大頭がゆっくりと動き、顔が見えた。血の気が失せて紙のように白かった。出血も多いようだ。

「坂崎、話がある」

と苦しい息の下から言った笹塚は池田に、

「この場は二人だけにしてくだされ」

と頼んだ。即座に池田が玄斎を伴い、部屋を下がった。

「近う寄れ」

磐音は笹塚孫一の顔の側に屈《かが》むようにして顔を寄せた。

「わしが訪ねた先は麻布市兵衛町の逸見筑前守実篤の屋敷だ」

「御小普請支配逸見様の屋敷ですね」

「二度は言わぬ。用人め、わしを長々と待たせおった。屋敷を出たとき、四つ半(午後十一時)を過ぎておったかもしれぬ。盛次と二人、溜池《ためいけ》の葵坂《あおいざか》に差しかかったとき、その者が出おった」

「辻斬りにございますか」

「分からぬ。すべては無言の裡《うち》に斬りかかられた。盛次が騒がねば、二人ともあの場で死んでおったろう」

「逸見様の屋敷を訪ねたことと辻斬りとは、関わりがございますか」

「分からぬ。だが、辻斬りの風体、大身旗本と見た」

「逸見様と申されますか」

返事はなかった。

「小者の盛次と話してようございますか」

「……坂崎、頼む」

と最後の気力を振り絞った笹塚は意識を失った。

「お医師どの」

磐音の声に高崎玄斎が部屋に入ってきて笹塚の脈を診《み》始めた。

磐音はその場を高崎に任せて部屋を出た。直ぐに内与力の池田が寄ってきた。

「池田様、二つばかりお願いがございます」

「申せ」

「笹塚様の小者盛次と話させてください」

しばし返答を躊躇《ちゅうちょ》した末に、

「そなたを信用せよとお奉行にも言われておる」

と許しを与えた。

「それがし、蘭方医《らんぽうい》の中川淳庵《なかがわじゅんあん》どのと面識がございます。勝手ながら笹塚様の怪我、中川どのに診察させていただけませぬか」

「確か中川どのは若狭小浜《わかさおばま》藩の藩医であったな。来てくれようか」

「はい、必ずや参ります」

「よし、願おう」

磐音は玄関先に急ぐと一郎太を呼んだ。

「木下どの、小浜藩の中川淳庵どのに面会し、笹塚様の診察をお願いしてもらえませんか」

「承知しました」

「急いでください」

その一言で一郎太は笹塚孫一の怪我の重さを察した。

「死に物狂いで昌平橋まで走ります」

池田が不安そうな顔で、木下一郎太と地蔵の竹蔵親分が門の外に走り出たのを見た。

「盛次はどこにおりますか」

「笹塚どのの役宅におる」

と答えた池田は若い見習い同心を呼び、

「坂崎どのを笹塚どのの役宅に案内し、盛次をこのお方に面会させよと命じよ」

と指示を出した。どうやら一切を話さぬ盛次は監視下に置かれているようだ。

「ご案内《あない》いたします」

初々しい中にも緊張を漂わせた見習い同心が案内に立った。

「お名前は」

「鈴木亮平《すずきりようへい》にございます」

と答えた鈴木が、

「坂崎様、笹塚様のご容態はいかがにございますか」

「傷の具合は分からぬ。だが、様子からして厳しいと見ました」

磐音は自らの感じたことを正直に告げた。

「それでお友達の蘭方医どのを呼ばれたのですね」

「中川淳庵どのは『解体新書《ターヘル・アナトミア》』を杉田玄白《すぎたげんぱく》様や前野良沢《まえのりようたく》様と一緒に翻訳なされた医師、蘭学ならば別の治療もあるやもしれぬとお節介をいたした」

「助かりますよね、坂崎様」

まだ二十歳《はたち》前の顔立ちの鈴木が訊く。

「助かってもらわねば南町が困る。また、江戸も有為の人材を失うことになる」

「はい」

鈴木の一言に、南町奉行所で敬愛されている笹塚孫一の立場が感じられた。

笹塚の役宅の門前には磐音の見知らぬ同心が立っていたが、鈴木が内与力池田勝一の言葉を伝え、二人が敷地内に入ることを許した。

磐音は二人を玄関先に残すと、

「御免」

と言いながら内玄関を廊下に上がった。すると笹塚家の小女が廊下の向こうから磐音を見ていた。

「盛次どのと会いたい。それがし、坂崎磐音と申す」

という声に顔見知りの小者が顔を覗かせた。

「今、笹塚様に面会して参った」

「旦那様のお加減はいかがです」

小女が訊いた。

「予断は許すまい。だが、頑張っておられる」

と答えた磐音は、話がしたいと盛次に言った。

二人は盛次の部屋で対面した。

「そなたらが御小普請支配逸見筑前守実篤様の屋敷を訪ねたことは、笹塚様ご自身から聞いた。なにがあったか話してくれぬか」

「屋敷に着いたのは六つ半（午後七時）の刻限にございます。私は中間部屋で一刻半（三時間）以上も待たされました。旦那様が姿を見せられたとき、すでに四つ（午後十時）は回っていたでしょう。旦那様はなにも申されず黙々と霊南坂を溜池の方角に下っていかれました。屋敷町から町屋へと急いでおられる、そんな按配《あんばい》でした」

「辻斬りが現れたそうな」

「ふいに私どもの背後に足音がしたようで、旦那様も私も足を止めて振り向きました。影が一つ、私どもが通り過ぎた川越《かわごえ》藩松平家の上屋敷の塀近くに立つ松の下に立っておりました。十数間は離れていたと思います」

「それでいかがした」

「私が振り返ろうとしたとき、旦那様が、わあぁっ、と叫ばれました。振り向くと別の影が刀を振り下ろして旦那様は地面に倒れておられました。私は思わず叫びました。辻斬り、辻斬りにございます！　と何度も叫びました。すると火消し屋敷から門番が灯りを掲げて飛び出してきました。私が旦那様に走り寄った隙に、二人の辻斬りは姿を晦《くら》ましたのです」

「そのとき、笹塚様の意識ははっきりしておったか」

「はい。旦那様は、盛次、なんとしても八丁堀までわしを連れ戻れと命じられました。私は半纏《はんてん》を脱ぎ、腹に巻いていた晒《さらし》を解いて旦那様の背中の斜めの刀傷を止血して負ぶいました。それから必死で八丁堀まで運びました」

「ようやった、盛次どの」

「旦那様は、この一件、奉行所のたれにも言うてはならぬ、坂崎様だけに話すのだと、何度も繰り返されました。私の知ることはそれだけにございます」

「辻斬りは、浪人者か」

「いえ、頭巾、お召し物の様子から、大身のお武家と見ました」

「相分かった」

と磬音は答えた。

「旦那様は助かりましょうか」

磬音は答える術《すべ》を持たなかった。

三

笹塚孫一の危篤は続いていた。

雨も降ったりやんだりを繰り返していた。

木下一郎太と地蔵の竹蔵親分の使いに、若狭小浜藩の家臣で蘭方医の中川淳庵は若い同僚の桂川国瑞《かつらがわくにあきら》を連れて八丁堀に駆けつけ、高崎玄斎の許しを得て笹塚の傷を診た。桂川家は代々将軍家の奥医師でもあった。

三人の医師が相談した結果、未だ出血が続く傷口を再度縫合し直して止血手術をする方策を選んだ。それまで出血がかなりあり、賭《か》けでもあった。

その手術になんとか笹塚は耐えた。

淳庵らは高熱を下げ、化膿《かのう》を食い止める南蛮《なんばん》渡来の薬を投与して好転を待つことにした。

「あとは笹塚様の頑張りにござる」

磐音は友の必死の努力に黙って頭を下げて感謝した。

再度の手術を終えた後、笹塚の体力が見る見る落ちたのが分かった。だが、笹塚は虫の息をしぶとく途絶えさせることはなかった。

磐音はその夕暮れ前、笹塚孫一が斬られたという霊南坂に一人立っていた。坂は南から北へ、溜池に向かって転がり落ちるように下っていた。

その坂の北口の西に常陸牛久藩《ひたちうしく》の上屋敷が、東に武蔵川越藩《むさし》の上屋敷があり、その間を南に進むと常陸牛久藩と接して旗本五千石小出伊織《こいでいおり》の火消し屋敷があった。

笹塚の小者盛次の叫び声に、火消し屋敷から門番が灯りを掲げて飛び出してきたので、辻斬りは二の手を振るうことなく逃げたと証言した。

磐音は小出家の門前に向かい、

「卒爾《そつじ》ながらお伺いいたしたい」

と言うと、初老の門番が磐音の顔を見た。

「一昨夜のことにござる。この坂下で騒ぎがあり、こちらの屋敷で気付かれた門番どのが門前に出てこられたと聞いたが、その折りの門番どのにお目にかかりたい」

「どちら様にございますか」

と磐音の身元を問い質《ただ》した。

「それがし、南町奉行牧野成賢《せいげん》の御用で動いているものでござる」

磐音は曖昧《あいまい》に牧野の名を持ち出した。それが相手の心を解く早道と考えたからだ。

「南町の方にございましたか」

と納得した老門番は、

「私も飛び出した一人にございました」

「その様子をお聞かせ願いたい」

「事情もなにも、辻斬りという切迫した叫び声にわれらが門前に出ますと、坂下で騒ぎが見えました。そこで駆けつけますと辻斬りばかりか、なんと斬られた者も姿を消しておりました。提灯の灯りに地面を照らすとかなりの血が流れておりましたゆえ、辻斬りが出没したことは確か。ところが斬られた者も姿を消し……」

と説明した老門番は、

「ははあん」

と言うと、

「斬られたお方は南町の関わりの方にございましたか」

と自ら納得させるように呟いた。

「どのようなことでもよい。なんぞ手がかりになるようなものが残ってはおらなかったか」

「乱れた足跡とかなりの血、それだけにございました」

磐音は八丁堀から遠出してきたが無駄であったかと気落ちした。

「造作をおかけいたした」

と磐音が礼を述べると、

「お役人、うちは火消し屋敷です。臥煙《がえん》が三百人も屋敷に同居しているのをご存じですか」

「はい」

江戸の町屋を守る火消しが町火消しなら、屋敷町のあちこちにある定火消し屋敷は、旗本御先手《おさきて》の弓組から三組、鉄砲組から七組と、四、五千石の旗本が命じられて務める役職だ。

火事場で火を消そうというのだ、人数も揃《そろ》えておかなければならなかった。火消し屋敷一組には三百人の火消し人足、俗に臥煙と呼ばれる連中が、一番組から三番組まで百人ずつ分かれて住み暮らしていた。

「二番組の臥煙の一人が品川へ遊びに行って、あの騒ぎの直後、戻ってきました。その臥煙の寅吉《とらきち》が、逃げる辻斬りらしき者を見かけたと申すのです」

「寅吉どのに会いたい」

「お役人、臥煙に人柄のいい奴なんて一人もおりませんよ。金になると思えば口から出任せを言う手合いです」

「構わぬ、会わせてもらえぬか」

「ならば寅吉を探してきます。町方を屋敷に入れたとあっては話がややこしくなります。そなた様は辻斬りがあった現場でお待ちなさい」

「このとおりにござる」

磐音は深々と腰を折って頭を下げた。

老門番は、

（はて、町奉行所の密偵がこれほど腰の低いものか……）

と訝《いぶか》りながらも屋敷内に姿を消した。

磐音が現場に戻ると霊南坂に秋の夕暮れが訪れていた。どこからか虫の声が響き、それが、

「笹塚孫一、頑張れ、頑張れ」

と耳に聞こえた。

「おまえさんかい。おれに用事とは」

若い声が磐音に問いかけ、磐音が振り向くと、押し着せの尻切り半纏を着た男が立っていた。さんざん道楽をした後、臥煙の身に落ちたという風情が、男の顔に濃く漂っていた。

伝馬町《てんま》の牢《ろう》屋敷に世話になったのも一度や二度では済むまい。

「一昨夜の辻斬りをそなたが見かけたと聞いた。話を聞かせてくれぬか」

「見たには見たがねえ、思い出すにはちょいと時がかかるぜ」

寅吉が磐音の出方を窺《うかが》うように言った。

「駆け引きはせぬ。それがしの知り合いが今、死と戦っておる。持ち合わせはこれだけだ」

磐音は二分を差し出した。

「なにっ、二分ぽっちか、しけた話だぜ。だが、町方の密偵じゃあ大金を持つわけないか」

と手を差し出した。

「話が先だ」

「ちぇっ」

と吐き捨てた臥煙の寅吉は、

「おれが、品川宿の馴染《なじ》みの女のところから臥煙屋敷に戻ってきたと思いねえ。愛宕《あたご》山の裏手の城山土取場の道を上がり、そろそろ臥煙屋敷に辿りつこうというとき、江戸見坂の辻でよ、一人の侍が立っていた。すると、息を切らした大身旗本といった格好の侍が走ってきたのさ。そいつは頭巾を被《かぶ》ってたな」

愛宕権現や天徳寺の西を走る西久保通りから神谷町の辻で西に折れた通りを、西久保城山土取場と土地の人は呼ぶ。

「二人はなにか言い合ったかな」

「『勢州はさすがに斬れるぞ。不浄役人め、助かるまい』と走ってきた頭巾が言うと、『止《とど》めは刺されましたか』と待っていた侍が問い返しやがった。さらに『いや、止めを刺す暇はなかった、どこぞの屋敷の門番が今にも走りくる様子ゆえな。だが、心配無用、手応《てごた》えは十分であった』と頭巾が答え、二人はおれがその話を聞いたとも知らず、城山土取場の方向に走って消えやがった。おれが知るのはそれだけだぜ」

臥煙の寅吉は磐音を上目遣いに見て、手を出した。

「頭巾の侍の紋所は見なかったかな」

と問いながら磐音は二分を寅吉に渡した。素早く摑《つか》んだ寅吉が、

「夜の話だぜ、紋所がなにか見えるもんか。おれは行くぜ」

「助かった」

と磐音は礼を述べた。

御側衆速水左近の屋敷が表猿楽町《おもてさるがく》にあることを教えてくれたのは、佐々木玲圓だ。

磐音はこの夜のうちに行動し、佐々木のもとから速水邸を訪ねた。

速水左近ら御側衆はおよそ七、八人で務め、速水はこの中でも御側御用取次に任じられていた。御側御用取次を含め、御側衆を束ねるのが御側御用人である。将軍家と直《じか》に話せる役職の力は巨大で、時に若年寄や老中をも凌いだ。

君側近くに仕える御側御用人もまた御側衆から、すなわち旗本譜代四、五千石の名家から選ばれた。

玄関番の若侍に訪いを告げると、しばらく待たされた末に式台まで当の速水左

近が顔を出した。

紬《つむぎ》の上に袖《そで》無しを着た速水に、

「夜分、突然の訪い、恐縮にございます」

と磬音は謝った。

「火急の用と見たが、しかとさようか」

「はい」

佐々木道場で接する速水左近とは違い、厳しい口調であった。

「上がれ」

速水の許しを得て、磬音は書院に通された。

「坂崎どの、申してみよ」

「先の勢州村正の一件にございます」

と前置きして、南町奉行所年番方与力笹塚孫一が瀕死《ひんし》の床にあることから、火消し屋敷を訪ねて訊き知ったことまでを告げた。

話の途中から速水左近の顔色が変わった。

「勢州村正の持ち主は付け届けのきく役職ではないか、そなたは過日申したな」

「はい」

「逸見筑前守実篤だな」

すでに速水左近は承知していた。

「いかにもさようにございます」

「笹塚孫一なる者が襲われたのが霊南坂、麻布市兵衛町の逸見の拝領屋敷のすぐ近くじゃな」

「いかにも」

「逸見の家は家光様以来の三河譜代、その当主が辻斬りをなしたというか」

「辻斬りに見せかけた南町奉行所年番方与力暗殺にございます」

「なぜ逸見が南町奉行所の年番方与力を暗殺せねばならぬ」

磐音は速水左近に面談すれば当然この問いがあることを推測してきた。

磐音はこれまで南町奉行所の笹塚孫一と阿吽《あうん》の呼吸で騒動の解決に当たってきた経緯を、いくつか具体的に話した。その上で、

「速水様、それがし、笹塚様を讒訴《ざんそ》するためにこちらに伺ったわけではございません。笹塚様は騒ぎを表沙汰《おもてざた》にされないこともまた世のため人のためと考えられ、動いて参られました。また悪党が不正に蓄財した一部の金子を笹塚様が手元に残されていることも確かと思えます。ですが、笹塚様は一文も私用に使われたこと

はなく、すべて探索費に充《あ》てておられるのです。そのことを南町の全員が承知にございます」

「笹塚孫一なる与力、どえらい肝っ玉の男のようだな」

「はい、清濁併《せいだくあわ》せ呑《の》まれる度量をお持ちの方でございます。そして、なんぞあればすべて自らの責めとして腹を切る覚悟の人物にございます」

「町奉行所の与力には惜しい人物か」

「はい」

「坂崎どの、そなたはこたびの一件、笹塚が逸見に会うた理由をいかが考える」

「そればかりは考え及びませぬ」

「逸見に金子を強要すべく会うたということはないな」

「相手がたれであれ、笹塚様が私用のための金子を強要なさることなど、微塵《みじん》もございませぬ」

磐音は明確に言い切った。

「坂崎どの、それにしてもどえらい話を持ち込みおったな」

速水左近もさすがに唸《うな》った。

「どうしたものか」

速水は長いこと瞑想《めいそう》した。

「この話、慎重の上にも慎重を期さねばならぬ。それがし、今宵のうちにも南町奉行牧野どのと面談いたす。坂崎どの、供を頼む」

「畏まりました」

夜分にも拘《かかわ》らず速水左近は迅速に動いた。

磐音は速水の乗り物を固めるように表猿楽町から数寄屋橋の南町奉行所を訪ね、面談を申し入れた。

家治の御側衆の面会の要求だ、すぐに牧野も応じた。

その席になんと速水左近は磐音を同席させた。

「速水様、夜分にお越しとはなんぞ出来いたしましたかな」

牧野が磐音のことを気にしながら訊いた。二人は顔見知りだが、速水左近に同行したことを訝しく思っていたのだ。

「さよう、南町奉行の知恵者与力どのが辻斬りに遭うという大騒動が出来しましてな」

「速水様はすでにご承知か」

当然南町奉行所でも笹塚孫一の辻斬りの一件は極秘事項、緘口令《かんこうれい》が敷かれていた。

「さよう、この者がそれがしに知らせて参った」

「坂崎どの、笹塚孫一のもとに蘭医中川淳庵どのを呼ばれた手配、痛み入る。手術の成功を念じておるところだ」

と答えながらも牧野の顔には訝しさが増していた。

磐音に対する疑念からだ。

「そなた、中川に笹塚の怪我を診させたか。それはよき計らいであった」

と褒《ほ》めた速水が、

「それがしと坂崎どのは佐々木玲圓道場の同門でな」

と関わりを説明し、さらに磐音が探り出してきた一件を告げた。

今度は牧野成賢の顔色が訝しさから深刻なものへと変わった。

「まさかあの辻斬りにそのようなことが隠されておりましたか」

と呻る牧野に、

「笹塚がなぜ逸見に会うたか、牧野どのは存ぜぬか」

「速水様、それがしは承知しておりませぬ。されど、笹塚が動いた以上、謂れがあってのことと思われます」

と牧野が即座に応じた。

「牧野どの、それがしもそなたの知恵袋が私用のための強請《ゆす》りたかりで逸見に会うたとは思うておらぬ」

と答えた速水は、

「屋敷からこちらに参る道中でも思案に暮れたが、どう始末したものか考えがつかぬ」

「速水様、この一件、目付に探索を命じられますか」

「旗本家の不祥事に目付が動くのは至極当然、それが一番よいことかもしれぬ。だが、場合によっては南町も逸見家も困った立場に追い込まれよう。今は逸見実篤が笹塚孫一暗殺に動いたという確たる証《あかし》を集めることだ」

と言うと、

「牧野どの、相談がある」

と肚《はら》を決めた顔付きの御側衆が町奉行を見た。

「なんでございますな」

「この一件、坂崎どのに任せぬか」

「と申されますと」

「聞けば坂崎どのは、笹塚とは昵懇《じっこん》、南町の手伝いをなしたことも再三というではないか」

「笹塚孫一は異能の与力にございましてな、奉行所の力だけではどうにもならぬ騒動を上手《うま》く外の者を使い、見事に解決する名人にございます。ここにおられる坂崎どのもその一人」

「それらの件は南町奉行所にすべて記されておりますかな」

「いえ、表沙汰《おもてざた》にして周りに無用な悲しみを生じさせるものなどには憐憫《れんびん》を加え、その一部しかお白洲《しらす》に持ち出しておりませぬ」

「目付が動いてみよ。逸見実篤がなぜ徳川家に仇《あだ》をなすという勢州村正を所有しておるのか、付け届けをして無役から脱しようとした旗本家が調べ上げられ、その家に災いが降りかかることになろう。また、笹塚孫一が目付に届けず、自ら動いた動機も詮索《せんさく》されよう。事ここに至れば逸見実篤一人を処罰して隠蔽《いんぺい》もできぬこととなる。逸見は切腹、お家は改易、付け届けした家、事と次第では南町の笹塚も、あるいはそなたも差配不行き届きにて責任をとらされる羽目にならぬとも限らぬ」

「いかにも」

「できれば罪科《つみとが》を受ける者は少のうしたい」

「速水様、逸見一人でこの一件鎮まりましょうか」

「なんとしてもそうせねばならぬ」

と答えた速水左近は、

「当主実篤には成人を迎えられた嫡男忠篤《ちゃくなんただあつ》どのが御小姓組《おこしょうぐみ》見習いとして出仕なされておる。聡明な仁として組番頭の信頼も得ておる。この者の将来を潰してはならぬ」

速水はすでに実篤の跡継ぎまで考えていた。

しばし瞑想した牧野成賢が、

「速水様、よしなにお願い申し上げます」

と頭を下げた。

四

磐音は速水左近を表猿楽町の屋敷まで送り届けた後、八丁堀の高崎玄斎の診療所に立ち寄った。すでに南町の同心たちはいなかったが、中川淳庵が弱々しい息遣いの笹塚孫一に付き添っていた。

「井戸端で新しい水に替えてきてくれませんか」

「承知しました」

高熱に喘《あえ》ぐ笹塚の熱を下げるために使う水の張られた桶を手に井戸に向かった。

高崎邸は初めてだが、八丁堀の役宅はどこも同じような造りだ。内玄関を下りて庭を回ると果たして井戸があった。

磐音が水を汲《く》んでいると淳庵も姿を見せた。

「いかがでしょうか」

「快方に向かうか否か、今宵が峠です」

淳庵は低声《こごえ》で言い切った。

「助かる見込みは」

「七三か、それほどの重態です」

磐音は衝撃を受けた。

「だが、小者が血止めをしていなければ、笹塚どのはもはやこの世の人ではなかったはずです」

磐音は頷くと桶に新しい水を汲み替えた。

二人が戻ると笹塚孫一の命を繋ぎとめた盛次がいた。どうやら笹塚の役宅から戻っていたようだ。

磬音から桶を受け取った盛次が手拭《てぬぐ》いを濡《ぬ》らして絞り、笹塚孫一の横向きの顔の額に当てた。背中を斬られたために笹塚はうつ伏せに寝ていたのだ。

三人は黙したまま夜明けを待った。

水を替え、手拭いを濡らして当てることだけが行われていた。

未明、笹塚孫一の息が、
すうっ
と一つ長く尾を引いた。

磬音と盛次はその様子を見守った。

淳庵は座したまま目を瞑《つむ》っていた。その目が見開かれ、笹塚孫一ににじり寄ると脈を診た。

「どうやら、脈もわずかながら力強さを取り戻しました。これで幾分助かる見込みが増えた」

と磬音と盛次に言った。

「よかった」

磐音が洟らし、盛次の瞼《まぶた》が潤んだ。

「坂崎さん、鰻割きのお仕事に行かれるならば、どうぞ行ってください。あとは笹塚様の体力次第です」

磐音は友に頷き返して、

「よしなに」

と言葉を残すと座を立った。

八丁堀の通りで木下一郎太に会った。

「どうやら一つの峠は越えたようです」

「ほんとですか」

と答えた一郎太が診療所に走っていった。

永代橋を渡り、六間堀北之橋詰の宮戸川に顔を出すと、戸口で鉄五郎親方とばったり会った。鉄五郎は磐音の険しい表情に気付き、

「夜明しのようだが、どうなされました」

と訊いた。

磐音は笹塚孫一が斬られ、瀕死の闘いをしていることだけを告げた。

「なんと笹塚様が」

と答えた鉄五郎は、

「坂崎さん、鰻割きは松吉と次平に任せて長屋にお戻りなさい。手が足りなければわっしが手伝ってもいいことだ。まず今は少しでも横になられることが大事ですぜ」

と言うと磐音の背を押すように表に出した。

「親方、ご親切に甘えさせてもらいます」

頭を下げた磐音は金兵衛長屋に戻り、手拭いと着替えの下帯と湯銭を用意して湯屋に行った。

六間湯は暖簾を出したばかりの様子で、町内の常連客が一番風呂に入っていた。

磐音は徹宵の汗を丁寧に洗い流し、湯に浸かった。そして、速水左近から任された一件をどう段取りしたものか、思案した。

長屋に戻った磐音は三柱の位牌の水を替えると、

(笹塚孫一様の命を守ってくれ)

と亡き友の霊に願った。

磐音は部屋の隅に積んであった夜具を敷き延べると、すぐさま眠りに就いた。

空腹に目を覚ましたのは昼過ぎだ。

食べるものなど何一つなかった。仕方なく水を飲んで一通の書状を認《したた》めた。

御小普請支配逸見実篤に宛てたものだ。

書状の内容は、南町奉行所年番方与力笹塚孫一の代人として、今宵六つ半（午後七時）の刻限、屋敷を訪問し、面談したいという内容だった。

六間湯で思案したが考えも浮かばず、まず逸見実篤に面会するという決心を立てた。

空きっ腹を抱えて大川左岸を永代橋へと下った。途中仙台堀と大川の合流部に架《か》かる上之橋際に一膳飯屋を見つけ、焼き鰯《いわし》に野菜の煮付けと味噌汁で丼《どんぶり》飯を二杯食べた。

再び八丁堀の高崎玄斎の診療所を訪ねると、玄関先で盛次に会った。顔に重い疲れが滲んでいたが、どこか明るさも見えた。

「中川先生も高崎先生も、まず峠を越えたと診断なされました」

「それはよかった」

「中川先生は藩邸に帰られました。夕刻にはまたこちらに来られるそうです」

「安心しました」

とほっと安堵《あんど》の胸を撫《な》で下ろした磐音は、

「意識はまだ戻られぬか」

と訊いた。

盛次が顔を横に振った。

「盛次どの、笹塚様の枕元にはそれがしが残る。すまぬが逸見邸まで使いをしてくれぬか」

「逸見屋敷になんぞ届けられますので」

盛次の顔に緊張が漲《みなぎ》った。

「この書状だ。門番に渡したら早々に立ち去るのだ。よいな」

「承知しました」

盛次は磐音が笹塚の仇を討つために仕掛けをしたと感じたか、張り切って出ていった。

磐音が笹塚の寝間に行くと、明け方よりも幾分規則正しくなった息遣いが聞こえた。磐音は額から落ちた手拭いを拾うと桶の水で濡らし直し、固く絞って額に当てた。すると笹塚の息遣いが絶え、うっすらと目が見開かれた。

「の、喉《のど》が渇いた。水をくれ」

「しばしお待ちください。高崎先生に訊いて参ります」

磐音は診療所に向かうと、普請場の屋根から落ちて腰を打った大工の治療をしていた高崎に、

「先生、笹塚様が意識を取り戻されました」

「なにっ、意識が戻られたか。それは重畳《ちょうじょう》」

「水を所望しておられますが、与えてよろしいものでしょうか」

「この綿に水を含ませ、唇と舌を湿らす程度からまず様子をみましょうかな」

と綿を差し出しながら磐音に指示した。

磐音は早速台所に行き、茶碗に水を汲んで、部屋に戻った。

「そなたか」

と笹塚孫一がようやく磐音に気付いたらしく言った。

「お医師どのから、まずは唇を湿らす程度との指示にございますれば、水を飲まれるのはしばし辛抱してください」

茶碗の水に綿を浸して笹塚の口に持っていくと、からからに乾いた唇と舌を湿らせた。

笹塚は綿に染みた水を、赤子が母親の乳房に吸い付くように吸った。

「喉に落とすのはしばらくの辛抱です」

何度か唇と舌先を濡らすと笹塚は満足の様子を見せた。

「今、この部屋にはそなた一人か」

「それがし一人にございます」

「わしが逸見邸訪問の直後に斬られた経緯は承知じゃな」

「はい」

「辻斬りではない。逸見当人がわしを殺そうとしたのだ」

「承知しています」

と答えた磐音は、火消し屋敷の臥煙の寅吉から聞いた話を告げた。

「くそめが」

笹塚孫一が吐き捨てた。

「笹塚様、この一件、目付には届けられておりませぬ。御側衆の速水左近様が動いておられます」

とこれまでの経緯を語り聞かせ、

「笹塚様はなぜ逸見邸を訪ねられたのですか」

「隠居させようと訪ねたのよ。あやつが金貸しをしておること、今津屋の老分から知らされ、わしなりに調べた」

「………」

「あやつから金を借りた一人に、御家人の磯貝奏太郎《いそがいそうたろう》というものがおる。借りた金子は三十両だ。だが、支払いが滞り、一年半で元金利息込み八十七両にもなった。逸見は磯貝の娘二人を品川宿の女郎屋に叩き売らせたばかりか、御家人株を取り上げた。その結果、磯貝と内儀は首を吊《つ》って死んだのだ」

「なんということ」

「このようなことが許せるか。わしがあやつに隠居を勧めに行った理由だ。無論、なにがしかの口止め料を期待してのことではあった」

笹塚は正直に告白した。

「だがな、あやつはあっさりと隠居の一件を応諾し、金貸しも辞めると約定《やくじょう》しただけで、わしは屋敷から下がらされた」

「金子は受け取られなかったのですね」

「受け取らなかった」

「それはよかった」

「その帰り道、妖刀《ようとう》村正で斬り付けられようとは、わしもちと油断しすぎたわ」

「仔細《しさい》は分かりました。後は速水左近様に任されることです」

頷いた笹塚が、

「口止め料のことはわしとそなただけの秘密だぞ」

と釘を刺した。

今度ばかりは金子を受け取らなくて笹塚孫一は助かったと磐音は思った。

廊下に足音が響いて木下一郎太と地蔵の竹蔵が飛び込んできた。

「もう大丈夫だ、意識も戻られた」

二人がぺたりと腰を落とした。

「二人にも心配をかけたな。地獄の淵《ふち》から戻ってきたわ」

一頻り笹塚孫一の様子を窺った一郎太が、

「このこと奉行所に知らせて参ります」

と再び立ち上がった。

玄関先まで見送った磐音に地蔵の竹蔵が、

「ちょいと気になる騒ぎが出来しまして」

と言いだした。

「笹塚様が襲われた場所に近い愛宕権現の森で、火消し屋敷の臥煙が斬られて殺されましてねえ。それが笹塚様の背中の傷とよく似てやがるんで」

「寅吉か」

「ご存じですか」

と驚いた顔で一郎太が訊いた。

「寅吉は笹塚様が斬られた後、逃げる二人を目撃していたのです」

「なんと」

「それがしには相手を知らぬと答えましたが、どうやら屋敷まで尾行して辻斬りがたれか承知していたようですね。おそらく逸見実篤から金子を強請ろうとして反対に始末されたのでしょう」

「どうされますか」

「牧野様に申し上げてください。逸見実篤様の始末、今宵付けると」

一郎太と竹蔵が頷いた。

磐音は逸見家の離れ座敷で当主の実篤に対面し、訪問の理由を申し述べた。

離れ屋は森閑として、人影は二人だけのように感じられた。

逸見は目を瞑ったまま、南町奉行所年番方与力笹塚孫一暗殺未遂騒動、臥煙の寅吉殺し、はては金貸しをなし、御家人磯貝奏太郎一家を悲劇の淵に追い込んだ経緯を聞いた。

ふうっ

と息を吐いた逸見が両眼を見開いた。

「で、そなたの望みはなにか、金子か」

「それがし、臥煙の寅吉ではございませぬ」

「ではなにか」

「家光様以来の名家を救うための方策は当主逸見実篤様の自害、それしかございますまい」

逸見の口から高笑いが洩れた。

「浪人風情が天下の直参旗本に切腹せよと申すか」

「いかにも」

「笑止なり！」

と叫んだ逸見の額に癇症《かんしょう》の証《あかし》、青筋が立った。

顔が紅潮し、

「下郎、成敗してくれよう！」

と喚くとかたわらの刀を引き寄せた。

「それが勢州村正にございますか」

「おう！」

と応じた逸見が片膝を立てた。

磐音の背の襖《ふすま》から殺気が押し寄せてきた。

振り向くと見せかけた磐音は包平の鞘を左手で掴むと、横手に飛んでいた。

襖を突き破って槍《やり》の穂先が突き出され、今まで磐音がいた場所の虚空を無益にも刺した。同時に逸見が村正を抜き打っていた。だが、こちらも空を切っていた。

磐音は包平を右手一本に抜いて、槍の穂先が突き出された襖に向かって突進し、突き返した。

ずぶり
片手に重い感触を得た。

げえぇっ
という叫びが響き、

「おのれ！ 下郎めが」

という言葉とともに逸見実篤の村正が磐音の背を襲った。

磐音は襖の向こうに突き出した剣を引き抜きざま、背後へと円を描かせた。

大身旗本が勢州村正を手に入れ、有頂天になって切れ味を試そうという剣と、佐々木玲圓のもとで修行し、修羅場《しゅらば》で生死の境を会得した剣技との違いが刃風の遅速に現れていた。

振り下ろされる村正を掻い潜って包平の片手後ろ斬りが決まった。

うぅっ
と立ち竦む逸見実篤の首筋に磐音の二の手が振り下ろされ、血飛沫《ちしぶき》が、
ぱあっ
と上がって崩れ落ちた。

磐音は襖を開いた。

するとそこに、松田派新陰流道場主小栗伝内が虫の息で横たわっていた。

「剣に志す者がちと足を踏み外しましたな」

「くそっ、佐々木道場を甘く見すぎたか」

小栗の槍の柄を持つ手が痙攣《けいれん》し、ことりと息が絶えた。

騒ぎを聞きつけた家臣たちが廊下に駆けつける気配がした。

磐音はひっそりと時を待っていた。

おっとり刀で殺到した家来たちが当主実篤の血塗《ちまみ》れの死骸《むくろ》を見て、剣を抜き放ち、用人高村栄五郎が、

「こやつを生きて帰すな！」

と叫んだ。

新たな戦いが始まろうとしたとき、

「待て待てっ！」

という若い声が家来たちの背後に響いた。

「これは忠篤様、不審の訪問者が実篤様を斬り殺したゆえ、成敗しているところにございます」

「高村、そなた、父上を唆し、金貸しばかりかどこぞから妖《あや》しげな刀を持ち来たり、父の佩刀《はいとう》にせんとしたというではないか」

「いえ、実篤様のお刀、正宗にございます」

「黙れ！」

と叫んだ忠篤が家来たちを押し分けて部屋に入ってきた。そのかたわらには継《つぎ》裃《かみしも》姿の御側衆速水左近が従っていた。

「こちらにおわすは、家治様御側御用取次速水左近様である。皆の者、父実篤は

病を患い、ただ今身罷られた。さよう心得よ、相分かったか」

凜然とした若い忠篤の言葉を家来たちはたちどころに理解した。

実篤の行状をだれもが案じていたからだ。

「高村栄五郎、そなた、役宅にて謹慎いたせ。追って厳しい沙汰《さた》をこの忠篤が下すであろう。その折り、武士なれば見苦しい真似はいたすなよ」

諭すように言う忠篤の言葉にがくりと膝から頽《くずお》れた高村に、

「用人を役宅に連れて参れ」

と家来たちに命じた。

高村を引き連れた家来たちが去り、離れ屋に二つの死骸と三人の男たちが残された。

「それでよい、忠篤どの。折りを見てそなたの跡継ぎを上様に申し上げる。ご奉公がなんたるか心得て職務を全うされよ」

「はい、肝に銘じて。決して父の轍《てつ》は踏みませぬ」

と新しい当主が叫ぶように答え、その場に平伏した。

速水左近が磬音を振り向き、

「坂崎どの、見事な始末であった」

と優しく言いかけた。

磐音は包平に血振りをくれると鞘に納めた。

第三章　金貸し旗本

一

坂崎磐音が若狭小浜藩の上屋敷の門を出ると、天高く澄み渡った秋晴れの空が江戸八百八町の上に広がっていた。

磐音は中川淳庵に笹塚孫一の怪我の治療をしてもらったお礼かたがた、笹塚の経過報告に来たところだ。

刀傷を負った日から十数日が過ぎて、笹塚は少しずつだが快方に向かっていた。食べ物もおかゆから普通に炊いたご飯の許しが出て、

「やっぱりこれでなくては力が出ぬ」

などと言いながらも、生きていることを噛《か》み締めるかのように炊き立てのご飯

を咀嚼《そしやく》していた。

そんな笹塚の近況を淳庵に報告すると同時に、淳庵とともに再手術を手伝ってくれた将軍家の奥医師桂川国瑞と淳庵を宮戸川に接待したいが、都合はいかがと訊きに来たのだ。

淳庵は、

「礼などどうでもよいが、宮戸川の鰻に誘われると抗し難い。国瑞と相談し、近いうちに大川を渡ります」

と快く受けてくれた。

磐音はこの朝、宮戸川で鰻割きの仕事をした後、神保小路の佐々木道場で稽古に汗を流し、その足で小浜藩を訪ねたところだ。

神田川沿いに浅草御門へと下ると、柳原土手《やなぎわらどて》に大勢の人が出て、古着を買い漁《あさ》っていた。

柳原土手には、地面に筵《むしろ》を敷いた上に季節の古着を並べた市が立った。

朝晩冷え込む季節を迎えて、江戸の人たちも綿入れを慌てて探すためか、いつもより客が多いように思えた。

磐音はそんな人込みの中をゆっくりと歩いていった。

旗本逸見家での騒ぎの後、御側衆速水左近とは顔を合わせていなかった。

師匠の玲圓も、

「磐音、速水様はこのところ道場に顔を見せられぬわ。上手く騒動の決着がつくとよいがな」

といささか心配げな表情を見せた。

磐音はただ頷いただけだ。

速水左近が動く以上、逸見家の当主交替は無事済むであろうと確信していた。

だが、徳川家に仇成《あだな》す勢州村正の所蔵、辻斬りに見せかけた暗殺未遂の件などが表沙汰になれば、逸見家改易に繋がりかねない問題を抱えていた。

始末の付け方次第では、速水左近にも越権の沙汰が下らぬとも限らなかった。

その微妙な問題の処理に追われて、好きな剣術の稽古にも来られぬのだろう。

浅草御門に抜けると、今度は両国西広小路の賑わいが磐音の視界に飛び込んできた。柳原土手の人込みはどこか生活臭があったが、こちらは見世物小屋やら食べ物の屋台目当てで、同じ人込みでもなんとなく猥雑《わいざつ》でお気楽な遊びの雰囲気が漂っていた。

そんな米沢町の一角に、大間口の軒に分銅看板を掲げた今津屋が店を開いていた。

　店前で老分の由蔵が秋空を見上げていた。

　客を見送りに出て、そのまま季節の移ろいに目をやっているという感じだ。全身にどこか夏の疲れが滲んでいるようにも思えた。

「すっかり秋めいておりますが、ご機嫌はいかがですか」

　磐音の問いに振り向いた由蔵が、

「万全とは言えませんな」

　と言った。

「ただ今、中川さんと会ってきたばかりです。これから立ち戻り、元気の出る薬の調合を願ってきましょうか」

「私は薬嫌い、医者嫌いです。なあに、原因は分かっています」

「ほう、疲れの因がお分かりですか」

「来夏の日光社参がすべての因です」

「ははあ、どこぞの藩の留守居役か家老どのが金子の借用に参られましたか」

「毎日二、三家からお頼みがございます。普段お付き合いのないところばかりでしてな、旦那様も気疲れなさっておられます」

今津屋と付き合いのある大名家はすでに何年も前から、日光社参にかかる費用の調達を願っていた。

慌てて飛び込んでくる大名家は今津屋と縁がないばかりか、藩財政が大きく傾いているところが多かった。それだけに吉右衛門も由蔵も対応に苦労しているのだろう。

日光社参は八代将軍吉宗が参拝した享保《きようほう》十三年（一七二八）以来、四十八年ぶりのことだ。

その折り、吉宗の従者は十万人に及び、行列の先頭が深夜の九つ（十二時）に江戸城を出立、後尾が動き出したのは四つ（午前十時）であったという。

このときの社参は、吉宗が財政再建を成功させたことを誇示するために行ったといわれる。

だが、家治の日光社参にはそのように晴れやかな威儀はない。疲弊を見せ始めた徳川幕府が虚勢を張って大名諸家に締め付けを行う、そんな意味合いが強かった。つまりは無理をしての行事であった。

この社参、元々四年前に計画されていたが、家治の正室の死去により延期されており、この春に改めて決定されたものだ。

以来、大名家、旗本家などに献上品の指定やら供の者の武具、荷駄《にだ》などが命じられ、命じられた大名家や旗本家では慌てて費用の調達に走り回ることになった。幕府の御金蔵には日光社参にかかる費用の蓄えなどあるわけもない。だが、幕府の威勢を示すためとなれば、それなりのかたちを整えねばならない。その負担が大名家、旗本家に重く伸しかかっていた。

ちなみに安永五年（一七七六）の日光社参に動員される人数は、助郷《すけごう》まで含めると延べ四百万人、馬は三十万五千頭、かかる費用は二十二万両といわれた。

磐音は漠然と、豊後関前藩は社参の費用が捻出《ねんしゅつ》できたのであろうかと考えていた。

由蔵も同じことを考えていたらしく、

「そろそろ関前藩の借上げ弁才船《べざいせん》が江戸に到着してもよい頃ですな」

「冬になる前になんとかせねば、折角の今津屋どのや若狭屋どのの厚意が無駄になります」

と答えた磐音の胸の中に不安がよぎった。

（なんぞまた障りが生じたか）

今春、藩物産所が買い上げた関前領の海産物などを積んだ第一便の正徳丸《しょうとくまる》が江戸に到着していた。

嵐の直後のことだ。

江戸の市場が品薄になっていたことも手伝い、千石船一杯の積荷の売り上げが千八百七十三両三分、さらには戻り船の荷で二百十五両余の利が出た。

幸運も手伝い、一往復で千数百両の利を藩にもたらしたことになる。だが、豊後関前藩が抱える借財は数年分の藩の実収に匹敵した。定期的に船を動かして物産を運び込み、常に利を稼いでこそ、建て直しが図れるのだ。

一船だけの尻切れ蜻蛉《とんぼ》に終わってはなんにもならない。

「気持ちが通じましたかな。あれは別府《べっぷ》様と結城《ゆうき》様ではございませぬか」

両国西広小路の雑踏を、二人の若侍別府伝之丈《でんのじょう》と結城秦之助《しんのすけ》が今津屋のほうに歩いてくるのを磐音も認めた。

二人も磐音らに気付き、手を大きく振って足を早めた。

「六間堀の長屋を訪ねますとお留守の様子、こちらに伺えば坂崎様がどちらにおられるか分かると思い、立ち寄ったところです」

「無駄足を踏ませたな」

と二人に謝った磐音が、

「今も、老分どのとそろそろ秋船が江戸に到着してもよい頃と話し合うていたところだ」

「そのことです。十日後には、正徳丸ともう一隻の弁才船が佃島《つくだじま》沖に投錨《とうびょう》する予定にございます。昨日、早飛脚が届きまして、そのことが記されてあったそうです。若狭屋に立ち寄り、そのことを知らせて参ったところです」

と伝之丈が答えた。

「それを聞いて一安心いたした」

「若狭屋の番頭どのからは、この秋の海産物や乾物は諸国からそこそこの入荷があり、過日のような利は生まれまいと釘を刺されました」

秦之助も口を揃えた。

「そうそう運が続くものではあるまい。商いは地道に確実に続けることだ」

「はい。われらも常々己にそう言い聞かせております」

立ち話しているところにおこんが顔を見せた。

「おや、うちは豊後関前藩の門前かしら」

と笑い顔で言いかけたおこんが、

「老分さんに昼餉のお知らせに来たんだけど、お客様が三人増えたようね」

と磐音たち三人も昼餉に誘った。

「おこんさん、われらは偶々《たまたま》この店先で会ったまでです。どうかお気遣いなさらぬように」

と遠慮する磐音に、

「今更遠慮もないものだわ。うちは三人や四人増えたところで、台所が慌てることはございませんよ」

「ならば、いつものことながら馳走になりましょうか」

五人はぞろぞろと今津屋の込み合う店先の端から台所に通じる土間を抜けて、大きな台所に行った。すると、

「老分さん、後見、お先にいただいております」

と筆頭支配人の林蔵が、浅蜊《あさり》を炊き込んだ握りを頬張《ほおば》りながら挨拶した。それに煮込み饂飩が今日の昼餉のようだ。

「断らずによかった」

磐音は思わず呟いていた。

「今日は宮戸川の帰りに佐々木道場で稽古をして、小浜藩に中川さんをお訪ねしたゆえ、昼餉を摂《と》る暇もなかった」

その言葉におこんが、

「笹塚様のお怪我の具合はどうかしら」

「もはや大丈夫と淳庵どのも太鼓判を押されました。ご当人もおかゆから普通のご飯になったのが嬉しいらしく、これでなければ力も出ぬとおっしゃっておられる」

「運の強いお方ですな、あの与力どのは」

「老分さん、笹塚様をまだまだ江戸に欠かせぬお方と考えられた閻魔《えんま》様が、追い返されたんでしょう」

「おこんさん、当人もそう考えておられるようです」

磐音が口を挟み、

「南町も知恵者与力どのを失わずにようございました」

と由蔵がしみじみと言った。

板の間に座した四人の男たちの前にお膳が運ばれてきた。

具だくさんの煮込み饂飩を前にした磐音は、もはや笹塚孫一のことも豊後関前藩の借上げ弁才船の江戸到着も忘れたかの如く、

「頂戴いたします」

と言って合掌した後、箸《はし》を取った。

こうなれば、だれがなにを話しかけようと磐音は食べることに専念するのみである。

その様子はさながら子供のようだ。

「健啖《けんたん》というのではない、ほんとに子供が好きなものを食べている表情ですな。なんという方にございましょうか」

その由蔵の言葉も磐音の耳には届かなかった。

別れ際、今津屋の店前で伝之丈と秦之助に、

「そなたら、近頃佐々木道場に顔を出しておらぬそうだが、それでは剣の腕は衰えるばかりじゃぞ」

と注意した。

「申し訳ありません。御用繁多につい朝稽古をおろそかにしました」

「明日よりまた通います」

二人はそれぞれ稽古に熱を入れることを誓い合った。

磐音は一人八丁堀に立ち寄り、高崎玄斎の診療所を訪ねた。

八つ半（午後三時）過ぎのことだ。

門前に乗り物が止まり、同心や陸尺《ろくしゃく》たちが見えた。姿格好から見て、城下がりの南町奉行牧野成賢が、笹塚孫一の見舞いに訪れた様子と見当をつけた。

（どうしたものか）

牧野の一行が立ち去るまで診療所に近付くのを遠慮しようかと考えていると、

「坂崎さん」

と一郎太の声がして、

「お奉行が坂崎さんに会いたいとの仰せにございます」

と言うと、手を引くようにして、本来は町方同心の役宅に導き入れた。

病間で牧野と笹塚は談笑していた。

笹塚はさすがに床の上に上体を起こしていた。

「おおっ、坂崎か、お奉行が先ほどからそなたをお待ちでな」

と笹塚がどこかほっとした声を上げた。

奉行の見舞いに気詰まりだったとみえる。

磐音を案内してきた一郎太が病間から消え、磐音は部屋の隅に座した。

「坂崎どの、こたびの一件、落着いたした」

と牧野が顔を磐音に向け、明るい声をかけてきた。

「本日、城中で速水左近様にお会いした。速水様は逸見家の一件、主《あるじ》の病死で事が済み、忠篤どのが跡を継ぐことを上様がお許しなされたと申された。またこう付け加えられた。忠篤どのは未だ若いゆえ、父の役職御小普請支配の職をすぐに継ぐことは適わぬ。経験を積んだ後、折りを見て上様に上申しようと思う、とな」

「それはようございましたな」

「こたびの一件、上様は内実を承知の上で速水様の進言を取り入れられたそうな。笹塚孫一の越権も見て見ぬふりをなされた。これも速水様の素早い根回しがあればこそだ」

磐音は頷いた。

「だが、それもこれも、そなたが速水様と昵懇の間柄にあったればこそ、また迅速に動いたればこそのことだ。牧野、このとおり礼を言うぞ」

驚いたことに、南町奉行が一介の浪人に頭を下げようとした。慌てた磐音は、

「牧野様、お待ちくださいたい。そのようなことをしていただいては困ります。それがし、笹塚様の身を思うあまり、つい要らざるお節介をいたしたまで。お叱りを

受けることこそあれ、牧野様からお礼の言葉を頂戴するような者ではございませぬ」

と狼狽しながら応じた。

「お奉行、坂崎、反省すべきはそれがしにございます。こたびの一件、余りにも拙速にすぎ、自ら災禍を招いた節がございます。お奉行にも心労をおかけし、坂崎を走り回らすことにもなり申した。お許しくだされ」

と怪我人が頭を下げた。

「笹塚、そなたがさよう心得るならば、もうこの一件は牧野も口にすまい」

と牧野が言いだし、座もどうにか落着した。

「逸見実篤が金貸しをしていた証文はすべて、忠篤どのが廃棄なされたそうな。金を借りていた御家人らは喜んでいよう。これがこたびの一件での一番の功徳《くどく》かのう」

と笑った。

「牧野様、勢州村正を正宗に改鑿《かいさく》した一剣、いかがなりました」

磐音が気になることを訊いた。

「上様も、村正に罪があるわけもないがと仰せられながらも、廃棄を命ぜられたそうな。忠篤どのご自身が村正の刀身を三つに折って、炉の中で鉄塊へと戻されたそうじゃ」

「となれば、件《くだん》の村正の出所も分かりませぬな」

と笹塚が訊いた。

「その出所を探れば、新たに悲しみにくれる家が出よう」

「仰せのとおりにございます」

牧野は肩の荷を下ろした様子で、

「笹塚、かようなことは滅多にあるものではない。ゆっくり体を休めて回復させよ」

と言い残すと、病間を退室した。

ふうっ
と大きな溜息がして、笹塚孫一が、

「坂崎、そなたにはえらく足労をかけたな」

と改めて言った。

「もはやそのような話は済んだことにございます」

「いや、済んでおらぬ。高崎先生は忌憚《きたん》のないお人柄でな、数日前のことだが、告白なされた」

「告白と申されますと」

「盛次がわしをここに運び込んだとき、玄斎先生は助からぬと思われたそうだ。それは手術をした後も同じで、ずっと不安を持ちながらわしがいつ息絶えるか見ていたとおっしゃった。そなたが中川淳庵先生と桂川国瑞先生を呼び、再手術のお膳立てを整えてくれた。あれがなければ、あなたはもはや不帰の客となっていたと、はっきりと申された」

磐音は正直にも心境を口にできる高崎玄斎の高潔な人柄にまず打たれた。

「中川先生と桂川先生は、われら御目見《おめみえ》以下の不浄役人が治療を受けられるお方ではない。それができたのはそなたのお蔭だ。坂崎、礼を言うぞ」

「礼ならば、早く元気になって中川どのと桂川どのに直《じか》に申されることです」

と磐音は言い、その話題に蓋《ふた》をした。

二

金兵衛長屋に戻ったとき、夕暮れ前の刻限だった。

井戸端ではおたねたちが夕餉の仕度に余念がなかった。

(さて菜をどうしたものか)

と考えているとおたねが、

「先ほど木戸口にご浪人仲間が顔を見せていたよ。大家さんと話していたから、どてらの金兵衛さんがなんぞ承知なんじゃないかい」

「品川さんかな」

「若いほうじゃないよ。いつも酒の臭《にお》いをさせているご浪人だ」

どうやら竹村武左衛門が訪ねてきたようだ。

「大家どのの家を訪ねて参ろう」

とその足で木戸口に引き返す磐音の背に、

「そういえば近頃お姫様は姿を見せないね」

と女たちが織田桜子の噂をする声が聞こえた。

「大家どの、御免」

と言いながら磐音が家の戸を開くと、金兵衛は膳の前に座っていた。

「竹村さんが見えたようですね」

「坂崎さんに急ぎ会いたいそうだよ。あの男、夕暮れ前というのにもう酒臭かったですぞ」

と答えた金兵衛が、

「あんな酒飲みと付き合うのは考えたほうがいいな」

と忠告した。

「竹村さんは長屋に戻られたのでしょうか」

「それがさ、表櫓《おもてやぐら》の一酔楼にいるとの言伝だ。どうせろくな用事じゃないよ。放っておくといい」

と金兵衛が言った。

「はい」

と磐音は答えながらも、表櫓の一酔楼になにが起こったか気になった。

今年の春、富岡八幡宮《とみおかはちまんぐう》の門前で金貸しとやくざの二枚看板を掲げる権造《ごんぞう》一家の代貸五郎造《だいがしごろぞう》の頼みで、秩父《ちちぶ》に娘を買いに行く手伝いをやらされた。

家計を助けるために自ら身売りした娘たち、おゆう、おたみ、おまさ、あやめ、いつ女、おしんの六人は、元御家人の千右衛門《せんえもん》が妓楼《ぎろう》の主を務める一酔楼に預けられていた。

深川に数多《あまた》ある女郎屋の中でも、一酔楼は話が分かる妓楼として知られていた。

江戸に連れてきた後、磐音も一酔楼を訪ねて千右衛門にも会い、

(この人物ならば娘たちも無事務め上げられよう)

と安心していた。

諸々の事情があったとはいえ、磐音は女衒《ぜげん》の用心棒を務めたような気分で心に引っかかりを感じていたのだ。

その一酔楼に竹村武左衛門が呼び出したのだ。

磐音は長屋に一歩も足を踏み入れることなく、深川の南西端、江戸の海に突き出たような埋立地の表櫓に向かった。

秋の日が釣瓶《つるべ》落としに大川の向こうに沈み、茜《あかね》色の暮色が深川一帯を包み込んだ。

堀の石垣辺りから虫の声が響いてきた。

深川の色町の一つである表櫓は、客の七分がお店者《たなもの》、残りは屋敷勤めの侍やら中間《ちゅうげん》、それに稼ぎのいい船頭などだ。

ちょんの間が二朱、泊まりは二分二朱が相場と言われた。

一酔楼に灯りは点っていたが、いつもとは感じが違うように見えた。とはいえ、どこがどう違うと訊かれても磐音には答えられない。その程度の感じの違いであ

る。

「御免」

と遊女屋の訪《おとな》いとしては無粋な言葉をかけ、玄関に入った。すると牛太郎《ぎゅうたろう》と遣り手が、

「いらっしゃい」

と声をかけてきた。

「馴染みがございますので」

「いや、遊びに参ったのではない。こちらに竹村武左衛門という者が参っておりませぬか」

磐音の言葉に奥から、

「おれの名を呼ぶのはたれか」

という胴間声が響いて、無精髭《ぶしょうひげ》の武左衛門が姿を見せた。口を開こうとした磐音を目で制した武左衛門が、

「それがしがよい仕事にありついたとたれに聞いたか知らぬが、もう探り当てたか。だが、そうそううまい仕事の口はないぞ。ともかくおぬしの話を聞こうか」

と見世じゅうに響くような声を張り上げると、

「中野《なかの》どの、しばし出て参る。なあにすぐに戻ってきますよ」

と奥に向かって声をかけ、土間の端に置かれていた草履を急いで突っかけた。

武左衛門は磐音を永代寺門前山本町の運河に架かる、その名も小橋の袂《たもと》に連れていった。

「一体なにが起こっているのです、竹村さん」

「それがしも事情を知って驚いた」

と言うと武左衛門は腰の煙草入れを抜き、煙管《きせる》の刻みを器用に詰めると、橋際に立つ常夜灯の灯りで煙草に火を移した。

一服美味そうに吸った武左衛門は、

「それがしの行きつけの飲み屋で仕事を誘われたのだ。最初の話だと女郎屋の用心棒ということで、大した仕事ではないという話だった……」

「日当はいくらかのう、中野どの」

酔眼の武左衛門は、飲み屋で何度か顔を合わせた相手にまず大事なことを訊いた。

相手は旗本家の用人中野邦助《くにすけ》と承知していたが、金子には余裕のある様子だった。

「一日一分」

「怪我をするかもしれぬ用心棒で一分とは、法外に安いな」

中野がじろりと武左衛門を睨んだ。

「但し三度三度の賄《まかない》が付き、夕餉《ゆうげ》には酒も付ける。それが嫌ならば他を当たるまでだ」

「中野どの、なにも断ったわけではござらぬ。それがし、腕にはいささか自信がござれば、これまで安売りはしなかったと言いたかっただけだ。いや、虚言ではござらぬ。過日も豆州熱海にさる両替商の警護に雇われ、前金付きで一日一両の仕事を無事務め上げたばかりにござる」

と宣伝にこれ努めてみた。

ひょっとして日当の値上げがあるのではないかと願ってのことだ。だが、相手はにべもなく念を押した。

「やるのかやらぬのか」

「やります。お願い申す」

と答えた武左衛門は、

「いつ、どこに参ればよいのでござるか」

「明日八つ（午後二時）、深川表櫓の一酔楼に参られよ」

と告げた中野が武左衛門にぐいっと顔を近付け、

「よいな、一酔楼で見聞きしたことは他言無用。もしなんぞ外に洩らすと、ちと厄介《やっかい》なことになる」

「それがし、これでも口は固うござる」

翌日、武左衛門が一酔楼に行くとすでに中野邦助は帳場にいて、武左衛門と同じように雇われたと思える者が五人いた。

どの顔にも見覚えがなかったが、どう見ても強そうな相手はいなかった。それが武左衛門に自信を持たせた。

「遅かったではないか」

と中野が武左衛門に言い、

「そのほうらに紹介しておく。こちらの千右衛門どのが一酔楼の主だ。その昔、御家人であった方だ」

と妓楼の主を紹介した。

「よしなにお頼み申します」

と頭を下げた千右衛門は好々爺《こうこうや》そのものの風采《ふうさい》だった。

「そなたらを用心棒に雇う謂れを述べておく」

中野は丁寧にも竹村らを雇う理由を説明するという。このような仕事にはまずないことだ。

「千右衛門どのの昔の同輩が金子五十両を借りねばならぬ羽目に陥ったと思え。名は出せぬがその者、来夏の日光社参の先遣役として御用が下ったのだ。だが、どこの旗本、御家人も不意の出費に備える金子などない。そこで昔の誼《よしみ》で千右衛門どのを頼られ、千右衛門どのも名誉の御用ゆえなんとか役に立ちたいと思われた。だが、千右衛門どのにも余裕の金子があるわけではない。そこで二人は相談なされて、ある金貸しから金子を都合することにした。御用の下った旗本どのが五十両を借りられ、千右衛門どのがその保証人となられたのだ。それがこの春のことだ」

中野は一旦言葉を切った。

千右衛門も頷いていた。

「ところが金貸しに利息を入れる期限が迫ったにも拘《かかわ》らず、日光に参られた旗本どのからはなんの送金もない。金貸しから保証人の千右衛門どのに肩代わりせよとの申し出があり、千右衛門どのは支払われようとなされたが、利息が法外に高いのだ。半年もせぬうちに元金の倍になっておる。当然そのようなものが払えるわけもない。日光に問い合わせた結果、あちらも都合が悪いとの返事。その代わりに日光の旗本どのは、それがしの主、旗本三百七十石の石塚籐《いしづかとう》右衛門《えもん》に相談されよと言伝をされた。またそれがしの主にも、千右衛門どのの面倒を見てくれと文をよこされた。すべては日光社参の御用のための金子から始まった借財ゆえ、それがしの主もなんとかしてやれと命じられて、それがしが動くことになったのだ。そこもとら、ここまでは理解なされたか」

武左衛門らはなんとなく首肯《しゅこう》した。

「ところが相手の金貸しが悪辣《あくらつ》な奴でな、利息も払えぬようならば一酔楼の権利を早々に引き渡せと強引でな、今日にも取り立てに人を差し向けると、強面《こわもて》の談判だ。それがしの主は日光と連絡を取りつつ善処するゆえ、当面一酔楼を持ち堪《こた》えよという命でな、そなたらを雇ったというわけだ。日当が安いと申された方があったが、かような次第だ。それがしの主どのが善意でやっておることゆえ、どこからも金が出ぬ。将軍家の御用を全うしようとして借りた金子がかような羽目を招いたのだ。許してくれ」

と中野が事情を申し述べ、武左衛門らはなんとなく納得することとなった。

「一酔楼の千右衛門どのがそのような危難に見舞われておられますか」

と磐音は武左衛門の話に啞然《あぜん》とした。

当の武左衛門は掌《てのひら》の上の火玉を転がしながら、新しい刻みに火を移し替えると美味そうに紫煙をくゆらせた。

「正直申して、そのような話はそれがしにとってどうでもよいことであった。金子が稼げ、酒が飲めればよかったのだ」

と正直な気持ちを吐露した武左衛門が話を先に進めた。

「遊女と話してはならぬという中野どのの厳命だったが、それがしは偶然にも見習いの遊女たちが台所で喋《しゃべ》る話が耳に入った。なんと六人の見習いたちを武州秩父まで連れにいったのは、そなたと柳次郎というではないか」

磐音は黙って頷いた。

この春先の話だ。

「中野どのの話によれば、金貸しに一酔楼が乗っ取られたら、その娘たちまで直ぐに見世に出されて、荒い稼ぎをさせられるという。年季まで体が保《も》つまいという話だ」

「それはいけませぬ」

磐音は即座に答えた。

「竹村さん、千右衛門どのが保証人になった旗本とはどなたです。また金貸しとはたれです」

「それが分からぬのだ。ともかく急がぬと一酔楼は金貸しに乗っ取られ、抱えの遊女も娘たちも体を壊すほど客をとらされるそうだ」

磐音はしばし考えた。

「竹村さん、密《ひそ》かに千右衛門どのと話して、なんとしても日光に先乗りされた旗本の名を聞き出してくれませんか。そのためには品川さんやそれがしの名を持ち出しても構いませぬ」

「承知した」

「それともう一つ、どんなに苦しくとも一酔楼の譲渡書きに爪印を押してはなりません、どこぞに隠しておいてくだされ、それがただ一つの命綱だと伝えてください。一酔楼近くにわれらが控えております、とも」

「相分かった」

と答えた武左衛門が、

「坂崎さんはどうするな」

と訊き返した。

「この話、どうも怪しい。なにか裏があるような気がします。まず中野邦助の主、旗本の石塚籐右衛門を調べてみます。明日から朝と晩、連絡《つなぎ》はきちんと竹村さんにいたします」

「相分かった」

「長い刻限、外出をして怪しまれてはいけません。竹村さん、一酔楼にお帰りください」

「そういたそうか」

どこか肩の荷を下ろしたような顔付きで武左衛門は妓楼に戻っていった。

磐音はその足で富岡八幡宮前の権造一家を訪ねた。

一酔楼からそう遠く離れてはいない。

訪いを告げ、勝手知ったる玄関を子分に案内されていくと、親分の権造と代貸の五郎造が長火鉢の置かれた居間で酒を飲んでいた。

「おや、珍しいお方が飛び込んできたぜ」

権造はそう言うと、

「まずは一杯いこう」

と自分が飲み干した杯を磐音に差し出した。

磐音は両手で杯を受けて五郎造から熱燗の酒を注《つ》いでもらった。

「頂戴いたす」

空きっ腹のせいか、殊更熱燗が美味しく感じられた。

「駆け付け三杯というぜ。もう一杯いこう」

と言う権造を制して杯を置いた磐音は、

「親分の知恵を借りに参った」

と改まった。

「なんでえ、知恵というのは」

磐音は一酔楼の陥った苦境を話した。

権造と五郎造の顔が険しくなった。

話が終わっても二人はしばらく考えていたが、

「おかしな話だぜ」

と権造が言った。

「どこがおかしいな、親分」

「最初から最後まで腑《ふ》に落ちねえや。五郎造、こんな馬鹿げた話、聞いたことがあるか」

代貸が顔を横に振り、

「おれが考えるに、一酔楼の千右衛門旦那の人の良さに付け込んだ騙《かた》りだぜ。こいつにゃ裏がある」

と言い切った。

「旦那、一酔楼は表櫓でも手堅い商いをする見世だ。遊女も客筋も悪くねえ。馴染みの客が多いことでもそいつは分かろうってもんだ。おれが考えるにゃあ、その金貸しがどこのどいつか知らねえが、最初《はな》っから一酔楼の乗っ取りが狙いだぜ」

「親分、代貸、武州秩父の縁もある。金貸しがたれか調べてくれぬか」

「仕方ねえ。千右衛門の旦那を助けてやるとするか」

と同じ金貸し商売の権造が胸を叩いた。

「お願い申す」

と磐音が頭を下げた。

だが、権造も五郎造も今ひとつ頼りにならなかった。自分の稼ぎに忙しい上に他人事《ひとごと》と心得ている風情だ。

磐音は再び一酔楼の前を通って六間堀へ帰ることにした。

灯りの中に吸い込まれるように、お店者が立て続けに二人ほど入っていった。五郎造は遊女も客筋も悪くないといったが、そんな様子が窺えた。

磐音の腹が、
くうっ
と鳴った。

(夕餉がまだであったな)

夜鷹蕎麦《よたかそば》の屋台の灯りが見えた。

客は遊び帰りの職人か、蕎麦の丼を抱えて啜《すす》り込んでいた。

「蕎麦を誂《あつら》えてくれ」

「へえっ」

親父が答え、職人が銭を投げ出すように払うと出ていった。

「お遊びの帰りとも思えませんね」

初老の蕎麦屋が蕎麦を作りながら訊いた。

「訪ねた先は一酔楼と申す妓楼だが、野暮用だ」

「ははあん、仕事を頼みに行かれましたか」

「承知か」

「千右衛門の旦那に悪い虫が取り付いたという噂が飛んでまさあ」

「そのようだな」

「仕事を貰えましたかえ」

「いや、断られた」

蕎麦屋が顔を上げて磐音を見た。

「旦那、腕に覚えがおありですね」

「はてどうかな」

「一酔楼の用心棒には強い侍はいらねえんで」

「どういうわけだ」

「はてね、理由は知りません。だが、弱い用心棒を探しているという噂が飛んでおりますよ。日当が安く済むせいですかねえ。そんな話、聞いたこともありませんや」

蕎麦屋の老爺《ろうや》が答え、

「お待ちどうさまでした」

と熱々の丼を差し出した。

三

「先の御小普請支配の一件といい今度の話といい、旗本、御家人たちの切羽詰まった泣き声が聞こえるようだ。大きな声では言えぬが、公方様もこの時節に日光社参とは、物入りなことをなさるものよ」

と布団に座した笹塚孫一が吐き棄てた。

高崎玄斎の診療所の病間に、当の笹塚と木下一郎太、それに磐音がいた。

磐音が一酔楼を訪ねた翌日のことだ。

宮戸川の仕事を終え、六間湯で生臭い臭《にお》いをきれいさっぱり洗い流した後、八丁堀の笹塚を訪ねて意見を聞こうと考えたのだ。するとそこに一郎太がいたというわけだ。

そこで二人に、深川表櫓の女郎屋一酔楼が陥った苦境の概要を話して聞かせた。

「笹塚様、千右衛門が保証人になった日光御用の御家人も、背に腹は替えられなかったとおっしゃるので」

と一郎太が訊いた。

「そうではない」

と笹塚が無精鬚《ひげ》の生えた顎を撫でた。

「人のよい千右衛門の一酔楼乗っ取りが企てられたというのは、間違いあるまい。わしの直感だが、日光御用を承った御家人もぐるであろう」

一郎太が驚きの顔をし、磐音は首肯した。

「笹塚様、そやつは千右衛門を保証人にさせておき、最初から金を返す気などなかったとおっしゃるので」

「坂崎の顔がそう言うておる」

一郎太が磐音の顔に視線を移し、磐音はまた頷いた。

「まだ調べが足りません。ですが、この一件、石塚籐右衛門を頭《かしら》に、中野用人、金を借りた御家人、金貸しといった連中が裏で手を結んで、評判のいい一酔楼を乗っ取るために千右衛門どのを騙ろうとしたとしか思えません」

「なんと」

「一酔楼に雇われた用心棒が弱い者ばかりという噂がまことなら、なんぞ裏がある話ですし、この者たちが手を結んだ構図がそのうち見えてくるはずです」

磐音の言葉に今度は笹塚が大きく頷いた。

「金貸しが町人なら南町が乗り出してもおかしくはない。それに坂崎の絵解きが当たっているなら、奴らは初めての仕事ではあるまい。一郎太、坂崎を助けてやれ。このところ、南町は坂崎に世話になりっぱなしだからな」

と命じ、一郎太が畏《かしこ》まった。


「まずどうします」

と一郎太が診療所の門前で磐音に訊いた。

「竹村さんに連絡をつけたいと思います。竹村さんが千右衛門どのから金貸しの名を聞き出してくれていれば、木下どのに二度手間をかけさせることもありません」

「よし、深川に行きましょう」

磐音と一郎太が肩を並べ、一郎太の小者がその後ろから従って、八丁堀から永代橋に出て、大川を渡った。

今日も空は澄み渡り、川面も江戸の海も穏やかで、往来する荷足《にたり》舟や猪牙舟もどことなく長閑《のどか》だった。

「さてどうやって竹村さんを呼び出しましょうか。連日、それがしが顔を出すと、中野どのに疑われるやもしれぬ」

「そうですね」

と一郎太も思案した。また町方同心が一酔楼に顔を出して、武左衛門と話すのもおかしな話だ。

用人中野邦助に怪しまれることなく武左衛門と話す方法はないかと考えていると、二人の視界に永代寺門前山本町、通称、表櫓にある一酔楼が見えてきた。

「しばらく様子を窺いますか」

と一郎太が一酔楼の前の通りの反対側の路地へと曲がった。そこには一酔楼の見世の正面と裏戸が見通せる火の番小屋があった。

「父っつぁん、ちょいと邪魔するぜ」

一郎太が伝法《でんぽう》な口調で頼んだ。

竜紋の裏のついた三つ紋付の黒羽織の裾《すそ》を内側に捲《めく》り上げて端を帯に挟み込んで短く着る、巻羽織に着流しの姿は、すぐに八丁堀の旦那と知れた。

「へえっ、どうぞご勝手に」

格子窓の間から一酔楼が見えた。

しばらく二人が見張りを続けていると、青物の棒手振りが一酔楼の裏口に荷を下ろし、中へ声をかけた。すると笊《ざる》を抱えた娘が二人姿を見せた。

「おまさどのにおしんどのだ」

磐音が思わず洩らした。

「武州秩父から出てきた娘たちですか」

「一緒に山伏峠を越えた仲です」

磐音の返事に一郎太が、

「父っつぁん、そっと、あの娘の一人をここに呼んでくんな」

と命じた。

磐音が言い足した。

「体の細いおまさどのを呼んできてもらえぬか。怪しむようならば、秩父から一緒だった坂崎磐音が会いたいと言うておると」

火の番小屋の老番太《ばんた》が通りを渡り、一酔楼の裏口で商いを始めた棒手振りのところに行った。番太に声をかけられた娘たちは、最初驚きの表情を見せていたが、ふいにおまさが立ち上がり、通りを小走りに横切ると火の番小屋に飛び込んでき

た。そして、出迎えた磐音を見たおまさが、

「やっぱりお侍さんだ！」

と嬉しそうに叫んだ。

「おまさどの、一酔楼におかしなことが降りかかっておらぬか」

おまさが両眼を丸くして磐音を見た。

連れてこられた娘たちの中でおまさは十八歳と最年長だったが、体は一番痩《や》せていた。

その体がなんとなく丸みを帯びて見え、挙動も落ち着いて見えた。

秩父での暮らしは三度三度の食事など満足に食べられないものだった。だが江戸では、米の飯だけは長屋暮らしの職人一家でもなんとか食べることができた。江戸には諸国から蔵米《くらまい》が集まり、百万都市の市場に出回ったからだ。

「何人ものお武家様やら浪人さんが入り込んでいます」

「浪人の中に竹村武左衛門と申す者はおらぬか」

「おられます。日中から台所に来て、盗み酒をしていかれる浪人さんです。いつも中野様に叱られておられます」

苦笑いした磐音が、

「それがしの仲間だ」

「お仲間ですか」

「おまさどの、そなた、一酔楼が陥った苦境の因を承知か」

「姉様方が話しているのを聞きました。なんでも旦那様が、昔のお仲間の佐竹様の借金の保証をされたとかで、その借財が旦那様に降りかかったそうです」

「借金をしたのは佐竹と申すか」

「はい、そう聞きました」

「金をどこから借りたか、姉様方は話していなかったか」

おまさは首を振った。

「旦那の千右衛門どのはどうなされておる」

「ここのところ暗い顔をしておいででしたが、今朝方から姿が見えません」

「なにっ、姿がないとな。これまでもそのようなことがあったか」

「いいえ、一酔楼に来て初めてのことです。姉様方も不思議がっておられます」

「おまさどの、頼みがある。それがしがここにいることを、竹村さんにそっと伝えてくれぬか」

「はい」

と答えて火の番小屋を出かけたおまさが、

「お侍さん、一酔楼の主様が代わるようなことはありませんよね。姉様方はそれを心配しておられます」

「一酔楼は千右衛門どのの見世だ。なんとしても守らねばならぬ」

「はい」

と答えたおまさが通りに飛び出していった。

その背を見送りながら、磐音は気付いた。

おまさがふっくらとした体付きになったのは、江戸の水と食べ物に慣れたせいだけではない。すでに見世に出て、客を取っているのだ。それがおまさの心と体に丸みを持たせたのだろう。

(なんとしてもおまさたちの暮らしを守らねば)

と改めて磐音は決心した。

年季が明けたら、土産を持って山伏峠を越えて秩父に戻ることを楽しみにしてきたのだ。その娘たちの夢を壊してはならぬと磐音は思った。

おまさとおしんが棒手振りから野菜を買い求め、一酔楼の中に姿を消したが、いつまで経っても竹村武左衛門が表に出てくる気配はなかった。

「千右衛門が姿を消したというのが気にかかりますね」

と一郎太が監視の目を一酔楼に預けたまま洩らした。

「竹村さんが千右衛門どのから金貸しの身元を聞き出そうとしたのを中野用人に知られたとしたら……」

「ありえます」

一郎太が即座に答え、小者に、地蔵の竹蔵にこのことを知らせよと命じて遣いに出した。

定廻り同心の勘で、この一両日中に事態が大きく動くと考えたのだ。

時はゆっくりと確実に過ぎていった。

八つ（午後二時）、表櫓の遊女屋では昼見世が始まった。

さらに半刻（一時間）が過ぎて、一酔楼の裏塀の上から路地に向かってなにかが投げられた。

紙礫《かみつぶて》だ。

「竹村さんも勝手に外に出られぬとみえる。文のようですね」

と言う磐音に頷き返した一郎太が、

「父っつぁん、あの紙礫をそっと拾ってきてくんな」

と命じた。

首に拍子木《ひょうしぎ》をかけた番太が腰を屈めてひょこひょこと通りを横切り、路地に入ると紙礫を拾って懐に入れた。

ふいに裏口の戸が開いて、女郎屋には似つかわしくもない武家が顔を覗かせた。

この男が中野邦助だろうか。

老番太は心得たもので、拍子木を打つと、

「火の用心！」

と叫び、路地の奥へと姿を消した。

中野も首を引っ込めた。

しばらくすると老番太が火の番小屋に戻ってきた。

「父っつぁん、よくやってくれたな」

と一郎太が労《ねぎら》うと老番太は、

「千右衛門様にはすっかりお世話になってまさあ。なんぞできることがあればなんでもやらしてくだせえ」

と答えたものだ。

「ありがとうよ」

と応じた一郎太は紙礫を受け取ると磐音に渡した。

磐音が紙礫を開くと、重し代わりにさいころが入っていた。文は武左衛門が走り書きしたらしく、

「石塚籐右衛門の屋敷は上野南大門町にありて、金貸しは下谷御数寄屋町の按摩《あんま》白泉《はくせん》なる者なり。

日光行きを命じられた御家人は本所北割下水佐竹正兵衛《せいべえ》と判明したり。

またそれがしが千右衛門どのに問うた直後より千右衛門どのの姿が見かけられず、気がかりなり。

それがしの監視きつく動きままならず」

とあった。

磐音が一郎太に文を回したとき、一酔楼に三人の剣術家風の男たちが入っていった。

客か、中野の関わりの者か、判断がつかなかった。言えることは、腰付きや挙動から推測して、三人ともかなりの腕前であるということだ。

「旦那、遅くなりました」

地蔵の竹蔵が手先を二人連れて火の番小屋に飛び込んできた。

「ちょいと野暮用で出ておりやしたもんで」

と言い訳する竹蔵に一郎太が手際よく騒動の概要を告げた。

「そんなことが表櫓で起こってましたかえ」

と頷く竹蔵に、

「竹村どのの知らせで、この件の首謀者と思える石塚と按摩の白泉、御家人佐竹の住まいが分かった。二人は下谷広小路、佐竹は割下水だがこっちは後回しだ、当人が日光に行って留守なのだからな。おれと坂崎さんは下谷に向かう。地蔵、おまえは一酔楼を見張っていてくれ。まずなにが起こるにしても日が落ちてからだろう」

「へえっ、承りました」

と一郎太がてきぱきと手配りした。

竹蔵の返答に、磐音と一郎太は火の番小屋を出た。

「坂崎さん、舟で行きましょう」

二人は富岡八幡宮の船着場に行き、客待ちしていた猪牙舟に乗り込むと、

「御用の筋だ、神田川筋違橋《すじかいばし》御門まで突っ走れ」

「合点だ」

と船頭が受けて猪牙舟は船着場を離れた。

神田川の筋違橋御門から、将軍家が寛永寺への行き帰りなどに遣う下谷御成道が下谷広小路へと伸びていた。

一郎太と磐音は猪牙舟を神田川で乗り捨て、御成道を広小路へと急いだ。

「蛇の道は蛇と申しますから、まず同業を訪ねますか」

一郎太はそう磐音に言うと御成道を西に曲がり込み、神田同朋町の裏手にある黒板塀の家の門を訪れた。

「この界隈では古手の金貸しで、爺様の代から利息で暮らしを立ててきた金貸しの信右衛門《のぶえもん》です。元々先祖が二本差しという噂を耳にしたことがあります」

と磐音に説明した一郎太が、帯に挟み込んだ巻羽織の裾を、
ぱあっ
と手繰るようにして、門に嵌った格子戸を開き、玄関先に立った。

「信右衛門、いるかえ」

一郎太の声に、玄関脇の小座敷から白髪《しらが》頭が顔を覗かせた。

「これは木下様、お久しぶりにございますな」

「ちょいと知恵を借りに来た」

と言った一郎太は上がりかまちに斜めに腰を下ろした。

磐音は土間の隅にひっそりと控えた。

その様子を信右衛門がちらりと気にしたが、なにも言わぬまま、注意を南町の定廻り同心に戻し、

「なんでございますな」

と一郎太に向き合うように座した。

「下谷御数寄屋町の按摩白泉って金貸しは、昨日今日看板を掲げた野郎かい。おれもうっかりして知らなかったが」

「いつかは尻尾を出すと思っていましたが、なんぞやらかしましたかな」

「まず正体を聞こうか」

一郎太は信右衛門の反問には答えず話を進めた。

「目が見えねえのは確かですが、惣録検校《そうろくけんぎょう》のもとでちゃんとした鑑札《かんさつ》を受けた按摩じゃございませんや」

盲人を統率する検校の中でも有名で、五代将軍綱吉に可愛《かわい》がられた杉山検校は、

「そのほう、なんぞ欲しきものはないか」

と下問された。

「さして欲しきもの候はねど、折にふれてはただ一つ目が欲しく候」

とお答えしたとか。

そこで将軍家では本所一ッ目の地に千坪を居邸として与え、爾来《じらい》この屋敷を関東惣録屋敷と称し、検校、勾当《こうとう》、座頭《ざとう》、紫分、市名《いちな》、都、無官の按摩の頭領として支配させた。

信右衛門は白泉がこの序列の中にはないと言っていた。

「手先が器用なもんで、小商人《こあきんど》や職人が仕事で肩を痛めた、腰が痛いというときに出張って揉《も》み療治をやっておりました。それがいつしか惣録屋敷と町方のお目こぼしで看板を挙げ、糊口《ここう》を凌いできたというやつですよ」

惣録検校支配下の按摩なれば、ちとややこしかった。だが、偽按摩ならどうとでもなる。

「職人の腰を揉んで、金貸しになったとは解せねえな」

「金貸しはそれほど簡単なものじゃあございませんよ、木下の旦那。白泉にはちょいと風変わりな後ろ楯《だて》があっての金貸しです」

「直参旗本かい」

「どうやらご承知でうちに見えられたようだ」

「南大門町の石塚籐右衛門だな」

「へえっ。この石塚様は最初お仲間の旗本、御家人相手に内緒で金を貸しておられましたので。それがこの一、二年、按摩白泉を表に立てて、なにやら動いておられるということです」

「旗本と偽按摩が組んで金貸しか。信右衛門、おまえは金貸しがさほど簡単な商いではないと言ったが、二人は繁盛しているようじゃねえか」

「まともな金貸しは客を生かさず殺さず、根気のいる長い付き合いにございますよ。俄《にわ》か金貸しは、とかく手っとり早く儲《もう》けたがる。その結果、木下様のような町方に目をつけられることになる」

「そんな手口を一つ二つ教えてくんな」

「噂の類《たぐい》です」

「調べは南町がしよう。心配するねえ」

頷いた信右衛門が、

「金に詰まっておられるのは、町人より旗本、御家人、勤番侍です。石塚様はこのような方を探し、口実をもうけては白泉を紹介して金を貸し、高い利息を請求する。この手口で、借り主の旗本家の蔵から所蔵の刀剣掛け軸なんぞを二束三文で買い叩いて強奪する。なにもない御家人からは拝領屋敷ごと乗っ取るという阿《あ》漕《こぎ》な商いです。そんな一人に、御家人株を奪《と》られた川村保《かわむらたもつ》様のご一家がおられます」

「川村様はどうしておられるな」

「金杉村の安楽寺裏手の、百姓家の納屋に移り住まれたと聞きました」

「信右衛門、助かった」

一郎太が礼を述べて、上がりかまちから腰を上げた。

安楽寺は東叡山寛永寺《とうえいざんかんえいじ》の東北、千住《せんじゅ》宿に向かう道の西側にあった。裏手に回ると金杉村が広がり、野良からの帰りの百姓に何度か訊いて、川村一家が身を寄せる納屋を探し当てた。

主の保は、納屋とはとても言いがたい破れ小屋の前で秋の移ろいを所在なげに見ていた。継ぎの当たった単衣《ひとえ》の裾をだらしなくはだけ、襟元《えりもと》には鼻水とも味噌汁の染みともつかぬ汚れが見えた。

「川村保どのにございますな」

川村保はしばし呆《ほう》けたような眼差《まなざ》しで一郎太と磬音を見ていたが、

「町方が何用だ」

と力のない問いを吐いた。

「石塚籐右衛門どのと按摩白泉に金子を借りた経緯《いきさつ》をお聞かせいただきたく参りました」

「遅いわ、手遅れじゃあ。娘は吉原に身売りをした。女房は溝浚《どぶさら》いで日銭を稼いで糊口を凌ぐ暮らしだ。無役の御家人以下の地獄があるとは思わなんだ。話すことはない、帰れ」

と川村が言い、破れ納屋に姿を消そうとした。

「お待ちください」

磐音が声をかけたのはそのときだ。

「川村どのの娘御と同じような境遇に晒《さら》された娘たちがおります、その者たちを地獄に落とすことなく、武州秩父に帰しとうございます。そのためにも川村どのの証言《ことば》が要り申す」

磐音の言葉に振り向いた川村に、磐音はすべての経緯を話した。

「こたびは深川表櫓の女郎屋に目をつけたか」

川村が呟き、しばし間を置いた後、

「町方、一度しかわが家の恥は話さぬ。浅知恵の御家人が引っかかったからくりを御用の役に立ててくれ」

と話しだした。

四

御家人百三十石、無役の暮らしは安永期、最低の暮らしだ。品川家のように、幾代と柳次郎が体面を捨てて内職に精を出せばなんとか暮らしも立った。

が、川村家は主の保が、

「御家人とは申せ、上様の家来である。屋敷の中で団扇《うちわ》張りなどできるか」

と内職を許さなかった。

それでも夫婦と一人娘と下女一人でひっそりと暮らしていく分にはなんとか生計も立った。だが、保が二年前に喘息《ぜんそく》を患い、医者にかかるようになって急に苦しくなった。

女房の実家や朋輩《ほうばい》に借金をしてなんとか診察代、薬料を捻出していたが、それにも行き詰まった。

そんな折り、金を借りに行った先で、

「川村どの、借金をなさるのにわれら御家人の家など回っても無駄にござろう。いずこも懐は同じように寂しいものでござる。他人様にお貸しする金子などあろうはずもござらん」

という朋輩の言葉に川村はがっくりと肩を落とした。すると、

「一つ、方法がござる。南大門町の旗本石塚籐右衛門様の用人中野邦助どのを訪ねられよ。なんでもこの用人どのが金貸しを紹介してくれるということだ」

と教えてくれた。

明日にも医師への支払いが迫っていた。

(見ず知らずの御家人に金貸しを紹介してくれようか)

半信半疑の川村保が石塚邸に用人を訪ねると、中野は、

「いくらご入り用かな」

と即座に訊いてきた。

「差しあたって十両、いや、十五両の借財をお願いしとうござる」

「なんぞ担保《かた》はお持ちか」

「長年の無役にござれば、刀剣掛け軸の類もすでに売り払ってござる」

「お身内はいかがか」

「女房に娘一人にござる」

「娘御はおいくつか」

「十七にござる」

「見目麗《みめうるわ》しい娘御にござろうな」

「はあっ」

と返事した川村は事情も分からぬままに、

「屋敷近くの若侍が時折り付け文をしておるが……」

と答えると、中野用人はしばし考えた後、

「下谷御数寄屋町、山下長屋に按摩の白泉を訪ね、石塚様の紹介と申されてみよ。なんとかそなたの望みを叶えてくれよう」

「有難うござる。川村保、石塚様のご厚意は一生忘れません」

と感謝してその足で白泉を訪ねたのだ。

「……御家人なんて、世の中の理《ことわり》がまったく分かっちゃいませんね。ころりと騙《だま》されて、娘を吉原に売らされた上、御家人株まで乗っ取られる羽目に陥ってしまった」

突き放したような一郎太の言い方の中に哀《かな》しみと憤りがあった。

磐音と一郎太が金杉村から下谷御数寄屋町の山下長屋に向かう道すがらのことだ。

「木下どの、どのような手順で動きますか」

磐音が訊く。

「白泉が偽按摩なら、町方が動いても問題はありますまい。まず山下長屋を差配する大家に会って、こやつの身元を確かめる。それからどうするか決めましょうか」

下谷御数寄屋町は不忍池《しのばずのいけ》の南側、下谷広小路の西側に位置する町だ。山下長屋とは東叡山寛永寺の山下ということだろう。

でっぷりと太った大家は柏兵衛《はくべえ》といった。

「白泉ですか。うちの長屋に住みついたときはすでに揉み療治をしてましたがねえ。浅草三好町にいた時分は錺《かざ》り職人ですよ、名は重次《しげじ》。それが目を患って見えなくなり、錺り職人は続けられなくなったんで。そこで手先の器用なところを生かして俄か按摩になったってわけだ。いえね、わっしも後で知ったことで、正直困っておりますのさ」

「錺り職人の頃の親方はたれか」

「御蔵前の錺り職、銀細工の髪飾りは逸品といわれた順吉《じゅんきち》親方でさ。偶々知り合う折りがあって白泉の話をしたら、『重次め、按摩をやっていると聞いたが、他人様に迷惑をかけねえよう、生きてくれるといいが』と心配してましたっけ」

一郎太と磐音は柏兵衛の家を出ると山下長屋に白泉を訪ねた。一郎太が、

「こうなれば順吉親方を訪ねて確かめる要もありますまい」

と言い、磐音も一酔楼が心配で頷いた。

白泉こと重次はお膳を前にして酒を飲んでいた。

「重次、なかなか懐具合がいいようだな」

「だれですねえ、重次なんて呼ぶのは。私は按摩の白泉ですよ」

「重次、おめえが旗本石塚籐右衛門の手先になって金貸しをやっているのは、とっくにばれてるんだよ。おめえは目が見えなくなったのをいいことに、偽按摩になりすましやがったそうだな。こっちも惣録屋敷でお調べ済みだ」

と一郎太がかまをかけた。

「お、おまえさん方は」

手にしていた杯がぽろりと膳に落ちた。
「南町奉行所定廻り同心木下一郎太だ。神妙にしねえ」
凛然とした一郎太の命が長屋に響き、白泉こと重次が、
がくっ
と肩を落とした。

一郎太一人が表櫓の火の番小屋に戻ったのは、五つ（午後八時）過ぎの刻限だ。

「地蔵、どうだ、動きはねえか」

「主の千右衛門も戻った様子はなし、今のところ動きはございません」

「千右衛門か、今に戻ってくるさ。大騒ぎになるぜ」

一郎太が確信を込めて言い、竹蔵が自信たっぷりの旦那の顔を覗き込んだ。

「と威張るほどのお膳立てかどうか、これから分かろうというもんだ」

一郎太の啖呵《たんか》に、按摩の白泉こと重次はぺらぺらと旗本石塚籐右衛門のお先棒を担いで金貸しをしていることや、その実態を喋った。

白泉は石塚の用人中野邦助と広小路の煮売り酒屋で顔見知りになり、金貸しの役を引き受けることになった。資金も客も石塚側が用意し、白泉はただ元金の受

け渡しと利息の催促に回る役目だ。

利息の返済が滞ると一度は白泉一人が顔を出して請求し、客に陥った地獄を気付かせた。なにしろ石塚の利息は、

「十一《といち》」

といって、十日に一割と法外なものだ。利息が支払えないと、時を置かずたちまち元金は倍、三倍になった。

二度目からは白泉は浪人たちを伴い、相手の屋敷に出向き、さんざ脅《おど》した挙げ句に狙いのものを手に入れた。

幕府の開闢《かいびゃく》以来百八十年近くが過ぎ、旗本、御家人たちは戦国武士の気風、気概をもはや忘れ、ただ将軍家の俸給取りに成り下がっていた。

白泉と浪人たちの脅しに抗するどころか、どこもが蔵に残ったなけなしの刀剣骨董品《こっとうひん》を差し出し、娘を遊里に売り、御家人株まで売り渡す体《てい》たらくだった。

こんな阿漕な金貸しの片棒を担いだ白泉には、石塚家から月に五両の俸給が与えられた。そして、毎日、中野用人が貸し金と利息の清算に山下長屋に顔を出したという。

「重次、千右衛門をどこに連れていったな」

一郎太の問いに白泉こと重次は、

「そんなこと、私は知りませんよ」

と一度はしらを切った。

「おめえのやったことは、獄門台に上がるか上がらねえかの瀬戸際なんだぜ。お上の慈悲を得なければならねえ立場を分かってねえようだな」

「ご、獄門台……」

ごくりと唾《つば》を呑み込んだ白泉の顔が真っ青に変わり、

「ほんとに、はっきりは知らないんですよ」

と泣き言を言った。

「知っていることを言いやがれ」

「なんでも、深川界隈に石塚様は妾《めかけ》を住まわせているとか。ええ、この女も金を返せなかった小普請組の旗本の娘でしてね、この妾宅《しょうたく》あたりに千右衛門は連れ込まれていると思いますが」

「旗本の名はなんだ」

「源尾《げんお》とかいいましたか」

「源尾か。重次、命が助かりたければおれの言うことを聞きな」

一郎太の言葉に、白泉は見えない目を定廻り同心に向けた。

「石塚の屋敷に行き、今晩じゅうに一酔楼を訪ねるよう仕向けるんだ」

「私は石塚の殿様とは昵懇じゃございません。私がなにか言ったとて動かれるとも思いません」

「千右衛門が石塚様に直に会って一酔楼の譲渡書きを渡したいとかなんとか、なんとしても大川を渡らせろ。おまえだけは行かせねえ、屋敷の前までおれが同行しよう」

白泉は獄門台から逃れたい一心で、頭を何度も下げて請《う》け合った。

一郎太と白泉が石塚邸に向かい、磐音は先行して深川に戻ることになった。

磐音は一酔楼の動きが気になっていたからだ。

南大門町の石塚籐右衛門の屋敷で主に面会を求めた白泉に門番が、

「殿は御用で他出中である。日頃、目をかけてもろうておることに増長して、夜分に約定もなく屋敷を訪ねてくるではない」

と突き出そうとした。

「殿様が駄目なら用人の中野様をお願い申します」

と白泉も必死で食い下がった。だが、門番は取り付く島もなく目の悪い白泉を六尺棒で追い立てた。

　この様子を見た一郎太は嫌な予感を持った。


　一方、深川に戻った磐音がまず一酔楼の前に訪ねた先は、富岡八幡宮前の金貸しとやくざが二枚看板の権造一家だ。

「おめえさんか。つい忙しくてな、一酔楼の一件にゃ手をつけてねえんだ」

　磐音の顔を見た権造が言い訳した。

「一酔楼の乗っ取りを図った一味は知れた」

　とざっと乗っ取りのからくりを告げた磐音が、

「改めてそなたの知恵を借りに来た。金貸し一味の首魁石塚籐右衛門が、深川界隈に旗本小普請源尾某《なにがし》の娘を囲って妾宅を構えているというのだ。ここに千右衛門どのが連れ込まれていると思える。なんとしても石塚の妾宅を今晩じゅうに突き止めてくれ」

　と磐音は命じた。

「坂崎の旦那、深川といっても広いや。それに妾宅なんて馬に食わせるほどあるんだぜ。無理だな」

「親分、それがし、これまでそなたの手伝いを黙って聞いてきたつもりだ。ましてこたびの一件は、武州秩父の旅に関わっているのだぞ。少しは熱を入れてくれぬか」

磐音は強い口調で迫った。

今晩じゅうに決着をつけるつもりで一郎太と策を巡らしてきたのだ。なんとしても千右衛門の身柄を確保したかった。

「旦那、なにも手伝わねえとは言ってねえや。妾宅を探すのは難しいが、小普請組源尾孫大夫《まごだゆう》様の屋敷なら承知だ」

と権造がにたりと笑い、胸を張った。

「なに、源尾家を承知とな」

「珍しい名だ。それにまだ取りはぐれた金もある」

と答えた権造が、

「代貸、源尾の姉娘お慧《けい》は嫁にいったと聞いたが、同じ旗本の妾になっていやがったか」

「いやさ、親分、おれも知らなかったぜ。だが、このところ源尾様から借金の申し出がねえ。お慧様を妾に出して懐が暖かいとみえる」

と五郎造が応じたものだ。

「源尾の屋敷はどこにあるな」

磐音の問いに、

「深川富久町の丸太橋のそばだ。夜分だが、おれがだれぞを叩き起こして妾宅を聞き出してやるぜ。なあに、まだうちに借金が残ってるんだ、文句は言わせねえよ」

と五郎造が立ち上がった。

磐音は五郎造自ら漕ぐ小舟に乗って暗い堀を渡り、丸太橋に舟を着けた。

「旦那、ちょいと待っててくんな」

さすがに金貸しとやくざの番頭格の男だ。夜分、旗本屋敷を訪ねようというのに平然としたものだ。

しばらく磐音は舟で待った。

秋の月が水面《みなも》に映り、夜風が吹くとそれが揺れた。

「驚いたぜ」

と言いながら五郎造が戻ってきた。

「お慧様が妾宅を構えておられるのはうちの近くの入船町だ。なんとも迂闊《うかつ》だった」

「代貸、ご苦労であったな」

「なあに、うちも商売だ。源尾家の懐具合がいいなら、取りはぐれている十二両一分を明日にも取りに行くつもりだ」

と磐音の労いの言葉を受け流した五郎造は、小舟の舳先を元に戻した。

深川入船町の石塚の妾宅の門前を見た五郎造は、

「こいつは木場の旦那の持ち物だった家だぜ。確か裏手に蔵一棟があったはずだ」

と呟いた。

妾宅は百六、七十坪ほどか。外から見ても手入れの行き届いた庭木が植えられ、竹林がさわさわと風に鳴っていた。

「時間《とき》がない、踏み込む」

と言う磐音に、

「待ちねえな。おれが裏戸を開く」

と言うと、五郎造が板塀に積み上げられた天水桶《てんすいおけ》に足をかけ、意外にも器用に塀を乗り越えて、すぐに通用口の戸を開いてみせた。

　磐音が通用口を潜《くぐ》ると、五郎造が母屋に点る灯りを差した。酒を飲んでいるのか、人の気配がした。

「よし、行こう」

　二人はまず母屋に忍び寄った。

　按配よく配置された庭石や庭木の間から虫の集《すだ》く音が響いてきた。

　ふいに、

「中野、いつまで千右衛門に手こずっておる」

　甲高い声がして、

「殿、意外としぶとうございます。一酔楼の譲渡書きは、日光におる佐竹正兵衛と話し合った後でないと渡せぬと頑張りましてな、こちらに連れてきて体を責めてみたのですが、がんとして聞きませぬ」

　と別の声が応じた。

　なんと、上野南大門町の屋敷にいるはずの石塚籐右衛門と一酔楼に派遣されている用人中野邦助が顔を合わせ、酒を飲んで話し合っていた。

「今晩じゅうに片をつけよ」

「はっ」

と畏まった中野が母屋から庭に出て、蔵へと向かった。

母屋ではなにがおかしいのか、若い女の笑い声が響いて、新たに酒が注がれた様子だ。

磐音は五郎造に蔵に行こうと無言で合図を送った。

運河に接した庭の一角は竹林と梅林で囲まれ、土蔵があった。

「殿の命だ。なんとしても千右衛門に今晩じゅうに爪印を押させるぞ」

と中野用人の声が蔵からした。

蔵の扉は半ば開いていた。

「代貸、千右衛門どのの身柄を確保してくれぬか」

「合点承知だ」

磐音の頼みに五郎造が武者震いしながらも答えた。

磐音は扉に近付くと内部の様子を窺った。

床の真ん中に千右衛門がへたり込み、髷《まげ》もざんばらに乱れて着衣はずたずたになっていた。かなり責められた様子だ。

磐音は蔵の床に青竹やら木刀が転がっているのに目を止めた。

蔵の中の浪人は四人のようだ。だが、竹村武左衛門の姿はなかった。ということは、一酔楼の浪人団はいまだあちらに残されているということか。

蔵の中で新たな拷問の手筈《てはず》が整えられようとしていた。

磐音がその間隙《かんげき》を縫《ぬ》って風のように蔵に入り込み、目をつけていた木刀を手にした。

「一酔楼主人千右衛門どのの身柄をいただく」

磐音の宣告に一座が呆然として不意の侵入者を見た。

その隙に磐音がすいっと千右衛門のそばに忍び寄り、

「千右衛門どの、よう耐えられましたな」

と言葉をかけた。

「坂崎さん、やはりそなたが動いておられたか」

と傷だらけの顔を向けた。竹村の言葉を半信半疑に受け止めていたのだろう。

「おのれ、何者か！」

浪人の頭分が叫んだ。

磐音には覚えがあった。

今日の昼下がり、一酔楼を訪れた剣術家風の男たちの一人だ。

「中野どの、そなたらの悪事、偽按摩の白泉こと重次が洗いざらい喋りおった。すでにことごとく露呈しておる。神妙にいたせ」

呆然としていた中野用人が、

「町方役人とも思えず、不逞《ふてい》の浪人が差し出がましいことをいたすでない。先生方、まずはこやつを叩っ斬ってくだされ。褒賞《ほうしょう》は存分に出す」

中野用人の命令一下、千右衛門に拷問を加えようとしていた浪人たちが剣を抜き、木刀を下げた磐音に迫った。その中から、

「おれが始末してくれん」

と小兵《こひょう》ながらがっちりとした体付きの浪人が突きの構えで突進してきた。

磐音の木刀が翻《ひるがえ》って、突撃してきた剣の物打《ものう》ちを弾くように叩いた。すると、

きーん

という金属音を残して刀が二つに折れた。

同時に、踏み込んだ磐音の木刀が相手の肩口を叩き、横転させた。

「おのれ！」

二人が同時に磐音に襲いかかった。

磐音は左手に飛ぶと相手の胴を抜き、立ち竦む相手の体を肩で突くと後方に跳

ね飛ばした。さらに右手の浪人が突っ込んでくるのを視界の端に置いた磐音は、

(どう攻撃に加わったものか)

と迷う体の頭分に襲いかかっていた。

頭分が慌てて剣を横手に一閃させた。

その剣の鍔元《つばもと》を磐音の木刀が叩くと、

ぽろり

と剣を落とした。

あっ

と立ち竦んだ頭分の額に加減をした木刀を叩きつけた。

ううーん

と呻《うめ》くと腰砕けに蔵の床にへたり込んだ。

蔵の中に残る浪人は一人だけだ。

「そなた、金で雇われたようだが、中野どのにこれ以上忠義を尽くされるな」

眼光鋭い磐音の一睨みに竦んだ相手がだれに言うともなしに、

「御免」

の声を残して蔵を飛び出していった。

木刀を投げ出した磐音を見た中野用人が蔵から逃げ出そうとした。

磐音の手が躍り、包平《かねひら》がその頭上を一閃した。

ざんばら髪の中野用人が蹌踉《そうろう》と母屋の座敷に入っていくと、壮年の武家が手にした杯を虚空に止めたまま、

「なにが起こった、中野」

と訊いた。

石塚は酒に濁った目はしていたが、整った顔立ちといえるだろう。

中野用人の後に従った磐音が、

「石塚様、一酔楼乗っ取りの一件、ちと阿漕にすぎましたな」

と言いかけた。

「おのれ、何者か」

座敷に入った磐音は片膝をついて構えた。そのかたわらに中野用人がただ呆然と立っていた。

「深川に住まいする一介の浪人者にございます」

「その浪人が天下の直参旗本に無礼を働くか。このままには捨ておかぬぞ!」

石塚が刀を引き寄せ、磐音の手並みを計るようにじいっと見据えた。そしていきなり磐音めがけて抜き打った。

なかなかの腕前だ。

磐音もすでに石塚の動きを読んでいた。

包平が一閃して石塚の抜き打ちを迎え撃ち、刃を二つに斬り飛ばすと、虚空で流れに躍る鮎《あゆ》のように反転した。

その瞬間、大帽子《きつさき》が石塚の眉間の上、一寸のところでぴたりと静止していた。

あああっ

と喚いた石塚が腰をへたり込ませた。

「そこもとが手先に使う偽按摩の白泉こと重次は、すでに南町奉行所の手にございます。またそれがし、上様御側衆速水左近様とは神保小路の佐々木道場の兄弟弟子にて昵懇の間柄にございます。速水様を通して、旗本の不正を糾弾いたす目付の出馬をお望みならば、そのような手配もいたします」

磐音の自信に満ちた言葉に石塚が圧倒された。

「許してくれ」

と畳に両手をついた石塚が、

「そ、そなた、なにが望みか」

「まず、一酔楼の乗っ取りの企みを忘れていただこう。この場で一筆書いてもらいましょうかな」

と言った磐音がお慧に、

「すまぬが筆と硯《すずり》を貸してくだされ」

と言いかけた。

突然の出来事に呆然としていた旗本の娘が黙って座敷を立っていった。戻ってきたお慧の手に硯箱があった。

石塚が震える手でなんとか、

「石塚籐右衛門が御家人佐竹正兵衛に貸し与えた五十両の保証人、深川表櫓一酔楼主千右衛門の責任を解くことを起請す。また一酔楼の所有に関して石塚籐右衛門一切関わりなき事間違いなく御座候。此処に署名爪印致し候」

と書き終えたのを見た磐音は、

「石塚どの、中野どの、なんのためか知らぬが一酔楼に留めおきし浪人団を引き連れて、早々に南大門町の屋敷に戻られるがよろしかろう。今後のそなた方の行状如何《いかん》では、御目付が動くこともござる」

と主従を去らせた。

磐音が石塚の書いた一筆を懐に妾宅を立ち去ろうとするとお慧が、

「坂崎様と申されますか」

と訊いた。

頷いた磐音が、

「もはや石塚どのはそなたに手を出す余裕はなかろうと思う。ご実家にお戻りなされ」

「なんともお節介な御仁がおられたものよ」

お慧の口から思いがけない言葉が洩れた。

「そなた、貧乏暮らしの浪人のようだが、旗本御家人の厳しい暮らしを承知せぬな。ようやく白い飯が食べられ、酒も飲める安穏な暮らしが続くと思うた矢先に……」

とお慧が吐き捨て磐音を睨んだ。

磐音はなにか答えようとしたが言葉が浮かばず、

「失礼をばいたした」

とお慧を妾宅に残したまま悄然《しょうぜん》と立ち退《の》いた。

第四章　おこん恋々

一

その日、宮戸川の鰻割きの仕事を終えた磐音は六間湯に行き、生臭さの染み付いた体を丁寧に洗って、たっぷりした湯に身を浸けた。

（よい気持ちだ）

思わず呟き、心豊かな気持ちで湯船から上がった。脱衣場にはだれも客がいなかった。番台にも人はおらず、六間湯は、

がらん

としていた。

磐音と一緒に湯に浸かった男たちが数人いて、上がったばかりだ。二階にでも

上がったかと考え、階段の上を見上げたが、不思議なことに六間湯からは人の気配が消えていた。

磐音は訝《いぶか》しく思いながらも衣服を身に付け、二階の刀架から自分の大小を取ると階段を下りて表に出た。そこで静かな騒ぎを知った。

六間湯のおかみや客ばかりか、近くのお店《たな》や長屋から人が出て、湯屋の前に置かれたお駕籠を遠巻きに眺めていた。

因幡鳥取藩三十二万石の重臣織田宇多右衛門の息女桜子の一行だ。

「ちょいと、お侍さんを迎えにお駕籠が湯屋の前に着いたよ」

六間湯のおかみのお良が啞然として言い、

「もしかしておまえ様は、よんどころなき若殿様ではあるまいね」

と磐音を改めて見た。

「冗談を言うてもろうては困る」

二人の会話に気付いたお女中がお駕籠に声をかけ、引き戸が引かれると、織田桜子が顔を覗かせた。

「これは坂崎様、ご機嫌麗しゅうご尊顔を……」

「待った!」

と磐音が叫んだ。

引き戸の前にお女中が履物を揃え、打掛けを脱ぎ捨てた桜子が乗り物から出てきた。

見物の衆からどよめきが起こった。

「桜子様、ここは深川六間堀の湯屋の前でござる。ご藩邸の奥ではありません。ご大層な挨拶は抜きにしていただきたい」

桜子は磐音の剣幕に圧《お》されてしばらく口を噤《つぐ》んでいたが、

「では桜子はどうすればよろしいのでございますか」

と無邪気にも訊いてきた。

「ご用件を伺いましょうか」

磐音は周りの見物客を気にしながら訊いた。

「過日、お誘いの書状のとおり、お迎えに上がりました」

「お誘い……」

磐音ははっと気付いた。

長屋の腰高障子戸に差し込まれていた文を、友の位牌のかたわらに置いたまま忘れていたことを。

「お誘いと申されますと」

「昼餉のお誘いにございます」

桜子は平然と言ってのけた。

「本日は先約がござってな、なんとも致し難い」

「桜子が先にございます」

桜子が頑張った。

磐音は咄嗟に考えた。

「桜子様、お駕籠とお女中衆をお屋敷にお返しなされませぬか。本日、それがしの友二人とこの近くで鰻を食する約束にございます。その席に桜子様をご招待申し上げます」

桜子の顔が期待と不安に綯《な》い交ぜになった。

不安は推測できた。

だれが相手かと考えたのだ。

「お相手は、若狭小浜藩の藩医の中川淳庵どのと、幕府の奥医師桂川国瑞どのです。決して怪しいお方ではござらぬ」

「桜子もお二人の名を耳にしたことがございます」

「先に西洋の医学書『解体新書《ターヘル・アナトミア》』を翻訳なされた医師どのですからな」

磐音はなぜか誇らしげだった。

桜子はしばし迷った後、お付きのお女中に帰邸を命じた。

およう、と呼ばれたお付きは、磐音が上げた二人の名に安心した表情ではあったが、それでも無言で抗した。

「お女中、それがしが桜子様を八代洲河岸《やよすがし》のご藩邸までしかとお送りいたす。それでいかがか」

「およう、坂崎様もああおっしゃっておられる。そういたせ」

桜子は、鳥取藩大寄合三千二百石の姫君の貫禄《かんろく》で命じ、一行は桜子をその場に残してしぶしぶと六間湯の前から姿を消した。

「さて参りますか」

普段着の着流しに濡れ手拭いを提げた磐音と、総鹿の子に千鳥結びの豪奢《ごうしゃ》な帯の桜子という奇妙な取り合わせの男女を、湯屋のおかみと客たちが見送りながら、

「なんともちぐはぐな組み合わせだぜ」

「いや、恋路によ、身分も金も関わりねえってことよ」

「よく見りゃあ、似合いかもしれねえぜ」

「金兵衛長屋の浪人はよ、この次六間湯に来るときは、駕籠で乗りつけるかもしれねえな」

と勝手なことを言い合った。

「桜子様、その格好で歩けますか」

六間堀に出た磐音は桜子に訊いた。

「ご心配なく。桜子は一人鳥取から江戸まで旅をしてきました。江戸の町を歩くことなどなんともありません」

織田桜子は鳥取藩の内紛に絡み、若侍に変装して鳥取城下から密書を持参して江戸に届けるという大冒険をやり遂げていた。

それが江戸に到着したところを反対派の待ち伏せに遭い、斬りかかられた。

その折り、通りかかった磐音が助けたのである。

桜子が磐音に関心を示すようになったのはその一件がきっかけだ。

「ならよろしゅうございます」

内紛の経緯《いきさつ》に触れないように磐音は言った。

「桜子様は鰻の蒲焼《かばやき》を食したことがございますか」

「なんでも上方で流行《はや》っていると聞きましたが、下賤《げせん》な食べ物ゆえ、未だ食したことはございません」

正直な答えに苦笑いした磐音が、

「それがしは身過ぎ世過ぎに鰻割きの仕事を、この界隈の鰻屋宮戸川で毎朝続けております」

「坂崎様、鰻割きの仕事とはどういうものですか」

説明しようとした磐音は、

「まあ、それがしの仕事はどうでもよろしい。江戸の鰻屋の草分けの一軒が宮戸川なのです。中川さんも桂川さんも宮戸川の鰻を一度食しておられます。鰻の調理法はおそらく上方から伝わったものでしょう。だが、割き方も調理の方法もたれも江戸で工夫がなされ、まったく別の食べ物になりました。深川界隈で獲《と》れる鰻は絶品で、近頃では江戸前などと呼ばれて、食通に賞味される料理になったのです」

磐音は宮戸川の宣伝にこれ努めた。

桜子は格別鰻の蒲焼に興味を示した様子はない。磐音と一緒にいればそれで満足の様子だ。

「近頃では宮戸川の味を求めて、大身のお武家やお大尽《だいじん》までもが大川を渡って食しに来られます」

と磐音が説明をし終えたとき、北之橋詰の宮戸川の店の前に着いていた。

「ここが宮戸川です」

となんとも食欲を刺激する香りが通りまで漂い、堀を見下ろす二階座敷の窓は開け放たれて簾《すだれ》がかかっていた。

初めて嗅《か》ぐ匂いに、桜子は整ったかたちのよい鼻をくんくんさせた。

「浪人さん、淳庵先生方はもう見えてるぜ」

と小僧の幸吉が店から出てきて、桜子の姿に気付き、唾をごくりと呑み込んだ。

「幸吉、今日の坂崎様はお客様です。言葉遣いを直しなさいと、あれほど注意しているのに」

と言いながら磐音を迎えに出たおかみのおさよが桜子を見てなにか言いかけ、磐音に救いを求めるように視線を向けた。

「おかみさん、幸吉どの、織田桜子様にござる。本日、それがしの客としてご招待申し上げた。よろしくお頼み申す」

磐音の言葉に二人は米搗虫《こめつき》のように頭を下げた。

「桜子様、こちらに」

磐音は桜子を案内して宮戸川の店に入った。鰻を炭火で焼きながら、鉄五郎親

方が、

「いらっしゃい、坂崎様」

と言いかけ、

「お二人は二階座敷だ」

と顎で階段を差した。

「世話をかけます」

鉄五郎はさすがに桜子を見ても動じたふうもなく二人を迎えた。

だが、一階の入れ込みにいた客たちは桜子の姿を呆然として見送った。

「おい、掃き溜めに鶴というが、宮戸川にはお姫様が鰻を食いに来たぜ」

「あのおちょぼ口で鰻を食うのかえ」

「見てみたいもんだな」

と好き放題言い合う中、磐音は桜子を案内して座敷に通った。

「中川さん、桂川さん、それがしが出迎えねばならぬところ、そなた様方が先に到着なされたとは、お詫《わ》びのしようもございません」

と謝る磐音に淳庵が、

「坂崎さん、そのようなことはどうでもいいが、座敷が一気に明るくなった。愛らしい姫様をご紹介くだされ」

　と笑いかけた。

「因州鳥取藩大寄合織田宇多右衛門様のご息女、桜子様です。本日、桜子様からお誘いを受けておったのをそれがし迂闊にも失念しておりまして、ならば宮戸川へお誘いをと、おいで願ったのです。お二人にはご迷惑でしたか」

「なんの迷惑などあろうか」

　と国瑞が即座に答え、

「ささっ、桜子様」

　と自分のかたわらに席まで作った。

　桜子が鷹揚に座布団に座したところで、磐音は改めて二人の友を桜子に紹介した。

「われら無粋な三人の席に灯りが点されたようで、大いに歓迎いたします」

　年長の淳庵が言い、

「織田桜子にございます。坂崎様には危ういところをお助けいただいた縁でお付き合いを願っております」

　と桜子が応じた。

「なにっ、桜子様も坂崎さんに助けられましたか」

「まあ、淳庵先生も坂崎様に」

淳庵が自らの磐音との出会い——肥前長崎に向かう道中、日田《ひた》往還での危難を語った。

「桜子様、この仁は処々方々で人助けをして歩いておられましてな。その名は上様にも知られているほどなのです」

「上様にございますか」

と目を輝かせた桜子に、

「中川さんは冗談を申しておられるのです」

と慌てて磐音が打ち消した。

「それが冗談ではないのです」

国瑞が言いだした。

「過日、父が上様のお脈を拝見する場に控えておりますと、上様が、国瑞、そのほうは坂崎磐音なる人物と付き合いがあるそうじゃなとご下問されたのには、正直驚きました」

今度は磐音が仰天した。

「そのかたわらに御側衆の速水左近様が控えておられましたゆえ、どうやら坂崎さんの活躍は速水様の口から伝わったのでしょう。それにしてもこの仁は、諸々の騒ぎに巻き込まれるお方です」

国瑞が言ったところへ、酒と鰻の白焼きなど菜が運ばれてきた。

「おおっ、待ちくたびれたところです」

淳庵が早速燗《かん》徳利を手にして、

「まずは桜子様からだ」

と酌をしようとした。

「お酒はまだ嗜んだことはございませぬが」

と言いながら、おかみの差し出した猪口《ちょこ》を両手で受け取り、淳庵に酌をしてもらった。

磐音は国瑞の杯を満たし、続いて淳庵に注いだ。

「よし、私が坂崎さんに酌をしよう」

淳庵が最後に磐音の酒器を満たして、四人はゆっくりと昼酒に口をつけた。

桜子がかたちばかり酒を含み、猪口を膳に置くと、

「いつもこうしてお会いになっておられるのですか」

「桂川さんとは最近の知り合いです。ですが、中川さんとは最前話されたように長崎以来で、旅を何度かご一緒しました。ともあれ、なにやかにやと理由をつけては飲んできたような気がします」

「男同士の付き合いとはよいものですね」

桜子が口をつけただけの酒にぽおっと顔を赤らめ、羨《うらや》ましそうに言った。

「桜子様、私と国瑞は蘭学《らんがく》を学ぶ医師ですが、坂崎さんの暮らしは破天荒です。このように長閑《のどか》なお顔をされているが、なかなか波乱万丈な日々でしてね」

と酒の勢いで淳庵が言い、

「坂崎さん、最近はどのような仕事をなされたな」

「どのような仕事と申されても」

磐音が困惑の顔をした。

「私も失礼ながら何でも屋を開業なさるご浪人と聞き、背に腹は替えられず、お長屋に文を投げ込んで頼みをきいてもらった次第です。坂崎様、近頃はどのようなお仕事をなさったのですか」

と桜子にまで促され、無論名を出さないようにして、来夏の日光社参が浮き彫りにした武家の切羽詰まった暮らしとそれに起因する騒動を三人に語り聞かせた。

桜子が目を見張って磐音を見た。

「驚きました」

と言った桜子は、

「坂崎様、豊後関前藩の国家老様のご嫡男が、なぜ江戸で浪々の暮らしをなさるのですか」

と迫った。

「桜子様、それがしはご奉公が気に染まぬ者なのです。江戸の市井の暮らしが肌に合うのです。致し方ありませぬ。身内には申し訳なく思いますが、もはやご奉公などできません」

と遠回しに浪人暮らしで生き抜くことを告げた。

「それより宮戸川の鰻を賞味して御覧なさい」

桜子は鉄五郎が工夫した鰻の白焼きに箸をつけ、磐音が、

「お好みにより山葵醤油《わさびじょうゆ》をお付けなさい」

と教えた。

桜子は白焼きを口に含んでしばらく黙っていたが、感に堪えないように、

「桜子は、このような美味しい食べ物を食したことがございませぬ」

と洩らした。

「たれをつけて焼き上げた鰻の蒲焼はさらに絶品です。ごゆっくり賞玩《しょうがん》してください」

桜子は鰻の虜《とりこ》になったようで、白焼きをきれいに食べた。さらに肝吸いの椀《わん》に口をつけ、

「鰻とはこのように美味なものでしたか。今まで食べずに損をしました」

「深川鰻も脂が乗って美味しいですが、〝割きは三年蒸し八年、焼きは一生〟と申しまして、なにより親方の腕ですよ」

と磐音が言うところにおかみが新しい酒を運んできた。

「うちの焼き加減もございましょうが、鰻の割き方で味が変わるといいましてね、坂崎様の割きは天下逸品ですよ」

と褒めた。

「鰻の割き方で味が変わるのですか」

「はい。身を崩すことなく骨だけを抜くこつは坂崎様が第一だって、いつもうちのが言っています」

「そうそう、こちらの小僧どのに、鰻も人間の解剖も一緒だ。理に適った手術を

しなければならぬと、お小言を食ったことがあったな」

と淳庵が笑った。

「鰻と人とが一緒だなんて、おかしゅうございます」

桜子はあくまでおおらかだ。

「なんの桜子様、人の構造がちと複雑なだけ、鰻が骨と肉と内臓からなっていることに変わりはないのです。淳庵先生と常々話しておりますが、坂崎さんが外科医ならば、一流の腕前の医師になったことは間違いありません」

「おやおや、今度はそれがし外科医ですか」

と苦笑いした磐音は、

「桜子様がそれがしのことを何でも屋と聞いて参られたのは、当たっているかもしれんな」

と一人感心した。

「坂崎様、知らぬこととはいえ、今考えると無礼なことであったと、桜子赤面しております」

「なんのなんの、桜子様は大事なお客様にございます。今後ともよしなにお願い申します」

と磐音が頭を下げ、一座が沸いた。

二

夕暮れ前、六間堀北之橋詰から猪牙舟に乗り込み、結局、桜子を三人の男が送ることになった。

桜子があまりにも蒲焼に感激したので、磐音は鉄五郎親方に頼み、土産を作ってもらった。

「本日は大変ご馳走になりました。かように楽しいひと時を桜子は知りませぬ」

鍛冶橋御門が見えたところで桜子が磐音に礼を言った。

別れが名残り惜しいような顔で国瑞が、

「この次は私の屋敷に坂崎さんをお招きします。その折りは桜子様もおいでになってください」

「ぜひ伺います」

と桜子が一も二もなく即答した。

鍛冶橋下に着けられた猪牙舟から重箱を抱えた磐音と桜子が下り、磐音が二人

の友に、

「しばらくお待ちください」

と言うと、桜子を因幡鳥取藩の上屋敷まで送っていった。

鍛治橋御門と御城にさらに近い馬場先御門の間には、徳川家に縁の深い大名家や老中職を務める譜代《ふだい》大名などが軒を連ねていた。

二人は土佐高知藩の山内家と下野《しもつけ》壬生《みぶ》藩鳥居家の間の通りを、肩を並べて進んだ。

この時代、大名家の重臣の娘が浪々の者と肩を並べて歩くなど考えられないことであった。

慎みがないと批判されかねない行動だが、桜子は無邪気というか平然としたものだ。

鳥取城下から密書を託された背景には、桜子の大胆な行動あってのことだろう。

だが、愛らしい顔は無垢《むく》の輝きを放って、その行動とはちぐはぐな印象を与えた。

磐音は屋敷まで付き添うことを自らに命じていた。内紛があり、ようやく反対派が粛清されたばかりの時期だ。なにか起こってはと考えてのことだ。

「坂崎様、桜子は楽しゅうございました」

桜子は重ねて礼を述べた。

それはようございましたと答えた磐音は、

「桜子様、お詫びが遅れましたが、お誘いを失念し大変申し訳ございませんでした」

と詫びた。

桜子の口からけらけらとした笑いが響いた。

「桜子が用意した場ではあのように美味しいものは出せませぬ。それに肩肘《かたひじ》張った料理屋にございます。宮戸川はとても素晴らしゅうございました」

「気に入っていただきなによりです」

「桂川様も淳庵先生も素晴らしい方々です。お二人とも坂崎様を信頼しておられるのが桜子にはよう分かりました。坂崎様は不思議な方ですね」

と感に堪えないように桜子が呟く。

「桜子様ほどは変わってはおりませぬ」

「桜子が変わっておりますか」

足を止めた桜子が、無邪気な顔に真剣みを湛《たた》えて訊いた。

「はてどうでしょう」

と視線を躱《かわ》した磐音は、

「桜子様、お屋敷にございます」

と因幡鳥取藩池田家のいかめしい表門に辿りついたことを知らせた。

「これは土産にございます。ここからは桜子様がお持ちください」

「約束です。桂川国瑞様のお屋敷には桜子も呼んでください」

と改めてそのことを約束させると、磐音から重箱を受け取り、鰻の香りを門前に振りまきながら夕暮れのお屋敷へと消えた。

磐音は小さく溜息をつくと池田家に背を向けた。

その瞬間、ぞくりとした殺気を感じた。

大名屋敷が連なる一帯だ。もし磐音に殺意を抱く者がいるとしたら、鳥取藩の関わりの者しかないと思った。

内紛は桜子が齎《もたら》した密書のお蔭で一旦鎮まったと聞いたが、騒ぎを起こした一派が根こそぎ絶えさせられたわけではあるまい。

織田家が与《くみ》する一派に反対するだれかが放った殺意か。

磐音はほろ酔いの気分を引き締めながら鍛冶橋御門へ急いだ。すると淳庵と国瑞は橋の上で待っていた。

「酔い覚ましに歩こうと思いましてね。舟は戻しました」

と淳庵が言い、

「いや、本日は実に楽しい一日でした。お礼を申します」

と国瑞が磬音に頭を下げた。

「国瑞どのは十八大通《じゅうはちだいつう》の旦那衆と茶屋遊び、吉原遊びをなさってその世界の女衆と遊び慣れておられる。だが、桜子様のように武家の出で、しかもお茶目なお姫様はご存じないらしい。いたく気に入られたようだ」

とすでに所帯持ちの淳庵が茶化した。

「だが、世の中、うまくいきません」

と国瑞が言い、淳庵が、

「なにがうまくいかぬな」

と問いかけた。

「桜子様の眼中には坂崎さんしかないようです」

といささか羨ましそうに国瑞が恨《うら》み言を言った。

「その坂崎さんは桜子様など眼中にない。いや、桜子様ばかりか世の中の女どもに一瞥《いちべつ》もなされぬ」

「奈緒《なお》様、いや、白鶴《はっかく》太夫ですね」

「さよう。坂崎磐音の思いは奈緒様の幸せしかないのだ」

「奈緒様とて同じですよ。連日連夜、白鶴太夫を靡《なび》かせようと高禄《こうろく》の武家からお大尽が通いなさる。だが、白鶴太夫の心を摑んだ御仁はいまだたれ一人おりませぬ」

「確かに国瑞が申すことは真実《まこと》かな。世の中、うまくいかぬものよ」

と淳庵がからからと笑い、笑い声が秋の夕暮れの堀に広がっていった。

三人の男たちは南鍛冶町から南大工町と町屋を辿って、呉服橋へとそぞろ歩いていた。

磐音は二人の話に耳を傾けながらも、先ほど感じた殺気を夕暮れの町に探った。だが、殺意は消えていた。

「近頃、十八大通の旦那衆はおとなしくしておられるか」

酒の酔いもあって淳庵が国瑞に訊いた。

過日、白鶴太夫の心をだれが摑むかで暁雨《ぎょうう》こと大口屋治兵衛《おおぐちやじへえ》ら十八大通は、一人千両の大博奕《ばくち》を試みた。だが、それも自然とうやむやになって、沙汰止みになっていた。

この甫周《ほしゆう》こと桂川国瑞も十八大通の一人である。国瑞は騒ぎのさなか、

「何事か起こったときのため、私のような者が十八大通に残っていたほうがいいでしょう」

と二人に宣言していた。

内部情報を得やすいというのだ。

淳庵はそのことを訊いていた。

「近頃は私どもよりも白鶴太夫に熱心にお通いなのは、髭《ひげ》の意休《いきゆう》どのですよ」

「髭の意休、何者かな」

淳庵も知らないと見えて訊き返した。

髭の意休、安永期の江戸を彩った謎《なぞ》の人物かもしれない。

歌舞伎の『助六所縁江戸桜《ゆかりのえどざくら》』は市川家の十八番の一つで、初演は正徳《しようとく》三年（一七一三）四月に二世市川団十郎が書かせた『花館愛護桜《はなやかたあいごのさくら》』であった。それがこの安永から天明《てんめい》にかけて話の筋が固まってきた。

父の仇《かたき》と失われた宝剣の友切丸《ともきりまる》を曽我《そが》五郎《ごろう》が俠客《きようかく》助六に身分を窶《やつ》して遊郭を探し回る。そこで惚れ合った遊女の揚巻《あげまき》を張り合う髭の意休が、目指す仇の伊賀《いが》平《へい》内左衛門《ないざえもん》と分かり、仇を討ち取るという筋だ。

晓雨が今助六を気取るのは、江戸っ子の粋、見栄、洒落《しゃれ》など伊達《だて》振りが助六の人物像にあるからだ。

だが、意休を気取る人物が現実にいようとは磐音も驚いた。

「髭の意休を男伊達と申される方もございます。ただ男伊達ならば、十八大通の同輩たちも粋がっておられる。だが、意休どのは私どもと一線を画しておられる。かといってむしろ、暁雨どのらが意休どのと垣根を作っておられるようだ。かといって仲が悪いわけではない」

「国瑞、勿体《もったい》ぶらずに先を続けてくれ」

と淳庵が先を急がせた。

「頰《ほお》から顎に髭を生やされた意休どのは、別名深見重左衛門《ふかみじゅうざえもん》と申されるそうです」

「武家か」

「大名でも大身旗本でもない。また豪商とか豪農とも聞いたことはない。だが吉原に連日通いつめ、金子を落とされる」

国瑞の表現は謎に満ちていた。

「吉原の大門はたれにでも開かれている。金子さえ持っていればの話です。だが、実際には毛嫌いされる者たちもいる」

「やくざ渡世の類《たぐい》かな」

「まあ、さようです」

「髭の意休はやくざなのか」

淳庵の問いに国瑞は顔を横に振った。

「暁雨どのが意休どのに、吉原から去れ、二度と戻ってくるなと忠告なされたとか。だが、意休どのは平然と通ってこられる」

「その者が白鶴太夫にぞっこんなのか」

焦れた淳庵がとりとめのない話を急がせた。

「はて、ぞっこんという言葉が当たっているかどうか分かりません。他の遊女衆は意休どのの宴席に出るのを嫌がられます。だが、白鶴太夫は、意休どのも分け隔てなく他の客同様大事にされるということです」

三人は日本橋川の始まり、御堀から大川へと開削された川に架かる一石橋際に来ていた。

三人はそこで足を止めた。

無言のままに二人の話を聞いていた磐音に、

「四郎兵衛《しろべえ》どのも久しぶりに坂崎さんに会いたいと申しておられました。いずれにせよ、白鶴太夫になんぞあれば、真っ先に坂崎さんに知らせます」

と国瑞が言い、

「この次はわが屋敷ですよ」

と重ねて念を押した。

三人は一石橋の袂で左右に分かれた。

磐音は国瑞の話になにか割り切れないものを感じながらも、

「白鶴太夫が息災ならばよい」

と思い込もうとした。

そして、日本橋川の川端を大川との合流部まで下り、永代橋で深川へ帰着しようとした。

橋を渡る前、新たな殺気を感じた。

橋の上に十三夜の月が光っていた。

磐音は気を引き締めて、まだ大勢の人々が往来する永代橋百二十間を渡り切った。

数日、磐音は宮戸川の仕事を終えた足で神保小路の佐々木道場に通う日々を送っていた。

鳥取藩に桜子を送っていった折りに感じた殺気を気にしたわけではなかったが、自らに日々の稽古を課したのだ。

そんな一日、別府伝之丈と結城秦之助が道場に顔を出し、汗を流していった。そして、道場を出るとき、

「坂崎様、明日にも佃島沖に、正徳丸ともう一隻の弁才船が到着します。われらはまた当分稽古に来られません」

と報告した。

「なんぞ問題がありそうかな」

「そのような話は聞いておりませぬ」

と答えた伝之丈が、

「坂崎様も若狭屋への荷揚げには立ち会われますよね」

と当然のことのように念を押した。

「問題ないとなれば、藩外に出た者が関わるのはいかがなものか。関前の物産の江戸搬入は藩の大事な事業ゆえ、これからは藩士が中心になっておやりになるの

がよろしかろう」

と前々から考えていたことを口にした。

「それはそうですが、坂崎様はこの事業を始められたお方です。藩外にあっても当然指揮していただかねばなりません。実高《さねたか》様も中居《なかい》様もそう考えておられます」

「伝之丈、秦之助、気持ちは有難い。だが、そなたらの言葉を聞いて改めて思った。それがしの役目は第一船が江戸に到着したときに終わっていたのだ。いつまでも関わってはならぬ。それが関前藩のおためになることだ」

「そうでしょうか」

二人は釈然としない顔で屋敷へと戻っていった。

磐音は久しぶりに今津屋に立ち寄った。

ちょうど昼の刻限で、台所では戦場のような騒ぎが繰り広げられていた。

「おや、珍しい方が顔を出されたわ。近頃は大名小路にお通いかと思ったけど」

おこんが開口一番、嫌味を放った。

「坂崎様、こちらにおいでなされ」

老分の由蔵が呼んだ。

「ご挨拶に立ち寄っただけです」

「まあ、よい。古来、女子《じょし》と小人《しょうじん》とは養い難しと申しましてな、機嫌が直るのを待つしか手はございません」

と小声で囁いた。

「はあ」

と浮かぬ返事をした磐音に、

「おこんさんは昨日六間堀に戻りましてな、鳥取藩の重臣の姫君と宮戸川で会食された一件に尾鰭《おひれ》がついて、あの界隈に広まっておるようで、おこんさんも長屋の女どもにさんざん吹聴されてきたのです」

「それで機嫌が悪いのですか」

と半ば納得した磐音は、

「あれは致し方ないことでした。桜子様が文を長屋に置いていかれたのですが、それがし、開封するどころか文そのものを忘れておりました。中川さんと桂川さんを宮戸川に接待する日に、なんと六間湯にお駕籠を乗りつけてこられたのです。老分どの、かような場合、どうすればよろしゅうございますか」

「おや、矛先が年寄りに来ましたか」

と苦笑いした由蔵が、

「まあ、おこんさんの不機嫌も二、三日すれば直りましょう。しばらくの辛抱です」

磐音の膳が運ばれてきたが、おこんではなかった。

膳には焼いた秋刀魚《さんま》に大根おろし、間引き菜と油揚げの炊き合わせに豆腐の味噌汁だ。

「美味しそうだな」

磐音はそう言いながら合掌し、

「頂戴いたします」

と箸をつけた。しばらく食べることに専念しようとしたが、やはりいつものようには没頭できなかった。

「関前藩の船が近日中に江戸に入るようですね。若狭屋の番頭の義三郎《ぎさぶろう》さんが朝方立ち寄って話していかれました」

「それがしも先ほど道場で伝之丈、秦之助に会いまして聞かされました」

「坂崎様も忙しくなりますな」

「そのことです」

と二人の若い藩士にこたびの商いには関わらぬと宣言したことを告げた。

「またどうしてそのようなことを」

「はい。二人の言葉を聞いておりますと、それがしが関わるのは当然のことと考えているようです」

「これまでの経緯《いきさつ》が経緯ですからな」

「そのことを否という気はございません。ですが、それがしは関前藩を出た者です。事情がどうあれ、もはや関わりなき者。だが、父も藩にあり、朋輩たちも必死で藩財政改革に努めております。江戸にあったそれがしがそれを手助けするのは当然のことでした。しかし、そのことを快く思わぬ藩士がおられるやもしれません。それが新たな内紛を生み出すことも考えられる、となれば、軌道に乗った時点で間を置くべきではないかと考えたのです」

由蔵が磐音の顔をつくづく見て、

「坂崎様はほんとうに損なご性分にございますな。坂崎様が藩外にあって働かれることは殿様もご承知のことです。豊後関前の物産を藩で一括仕入れし江戸に送り込む事業は、坂崎様と、亡くなられたご朋輩二人が考え出されたことです。これまでさんざん苦労をしてきて、これから花が咲こうというときには身を引かれる。麗しい話といえばそうですが、商いでは許されぬことです」

　由蔵の言葉は厳しかった。

「肝に銘じます」

「だが、身を引かれることに変わりはございませんな」

「皿の水に一滴の油を落としたとします。そのことによって、油に染まる水と反発する水が生じて参ります、対立が生じます。今は豊後関前藩が打って一丸となるときと思えるのです」

　そう言いながら磐音は、

「髭の意休」

のことを考えていた。

　国瑞の言葉にはなにか事情が隠されているように思えた。

「吉原」

という遊びの世界に落とされた一滴の油、意休にはどのような顔が隠されているのか。

「まあ、坂崎様らしい選択と申せばよろしいのでしょうか」

　と言った由蔵が、

「一つだけ、年寄りの言葉を聞いてくださいますか」

「はい、なんなりと」

「お父上の正睦《まさよし》様には、坂崎様の心境を正直に書き送ってください。親と子、離れていても分かり合えるというのは嘘《うそ》にございますよ。まず話すこと、それができねば文に認《したた》める。それでこそ親子が分かり合えるというものです」

「老分どの、よいことを教えてもろうた。これから長屋に戻り、父上に文を書き送ります」

と答えた磐音は、箸が止まっていた膳の食べ物に再び向かい合い、ゆっくりと賞味し始めた。

おこんはそんな様子の磐音をじっと見詰めていた。

三

磐音は行灯《あんどん》の灯心を掻《か》き立て掻き立て、夜を徹して長い書状を書き上げた。

無論、今津屋の老分由蔵の忠言に従い、父正睦へただ今の心境を正直に書き送ったのだ。

磐音は関前藩の藩物産所事業が軌道に乗った今、藩の外に去った人間がその事業に関わる不都合を縷々《るる》記した。これは杓子定規《しゃくしじょうぎ》な考えや潔癖から発したものではなく、江戸で、

「何でも屋」

を身過ぎ世過ぎにして、多くの大名家や旗本家の内紛を見てきた経験から導き出された答えだとも付け加えた。

無論、今後手伝わないわけではない。必要なときには必要に応じて汗をかくとも書いた。そして最後に、どうか藩主の福坂《ふくさか》実高様へご理解いただけるよう、この気持ちを父正睦から話してほしいと頼んだ。

書状の中にはこの問題以外にも、現在の磐音の暮らしや考えを記し、磐音は改めて、先の藩騒動で犠牲になった河出慎之輔、舞の夫婦、小林琴平の菩提《ぼだい》を弔いつつ、また吉原に身を落とした奈緒の幸せを念じながら江戸の片隅で生きる決心を書き述べた。

考え考え筆を進めたせいで夜が明けていた。だが、磐音の気持ちは清々《すがすが》しいものだった。

長くなった書状に封をして、河出慎之輔ら友の位牌の前に置き、

「慎之輔、琴平、舞どの、ちと狭量のような気もする。だが、頼られるとついその気になって、要らざることにまで手を出すものだ。それがしはそれを恐れた、笑うてくれ」

と言いかけ、宮戸川へ出向く仕度を始めた。とはいえ、大小を腰に差し、書き上げた書状を懐にすれば仕度はなった。

違和を感じたのは長屋の戸を引き開けたときだ。

陰暦八月半ば、七つ半（午前五時）の刻限、朝はまだ明けきっていなかった。溝《どぶ》が通った長屋の路地に薄闇《うすやみ》があった。

その一角から風のように木戸口に去った者がいた。

（殺気を放つ者がついに長屋を突き止めたか）

と考えつつ溝板を踏んで木戸に出た。すると金兵衛がちょうど戸を押し開いて姿を見せた。

「夜遅くまで灯りが点っていたようですな」

「国許《くにもと》の父上に文を認めているうちに朝を迎えました」

「なにっ、夜明しなされたか。鰻割きは刃物を使う仕事だ、手など切らぬように用心なされ」

「そういたします」

「湯屋で待っておりますぞ」

「本日は道場に参ります。六間湯の朝湯は当分休みです」

「夜明しして鰻割きをこなし、道場で棒振り稽古ですかい。若くなくちゃ身が保たんというやつだ」

という金兵衛の言葉に送られて六間堀に出た。だが、怪しい人影はなく、遠く普請場《ふしんば》に向かう職人が道具箱を肩に担いでいくばかりだ。

（はてどうしたものか）

因幡鳥取藩の関わりと推測をつけた磐音だが、断定するには迷いがあった。

江戸暮らしを始めて、生きるために荒っぽい場に身を置いてきた。生死の闘争に身を置いて相手の恨みを買ったのも、一度や二度ではない。

解決済みと磐音が心の片隅に追いやった騒ぎの縁者や関わりの者が、刺客を放ったとも考えられる。

（様子を見るしかないか）

磐音は朝まだきの町を北之橋詰に向かった。

宮戸川での鰻割きを終え、両国東広小路にある飛脚屋に豊後関前の父に宛てた書簡を託した。

身軽になった磐音は両国橋を渡り、西広小路の雑踏の間から今津屋の繁盛ぶりを眺めて、神田川沿いに佐々木道場へと向かった。

磐音はいつにも増して緊張を身に課して打ち込み稽古に励んだ。相手をしたのは古手の門弟数人だ。

「坂崎、そなた、えらく張り切っておるが、なんぞあったか」

下総佐倉《しもうささくら》藩家中の洲元辰三郎《すもとたつさぶろう》が、打たれた手首を片方の手で揉みながら文句を言った。

「どうかなさいましたか、洲元様」

「いつもの春風駘蕩たるおぬしの剣が影を潜め、えらく攻撃的であったわ。いつにも増して打ち込みが厳しいぞ」

「それは失礼つかまつりました。徹宵して書状を書き上げましたゆえ、気を抜いてはいかんと、身に言い聞かせた結果にございましょう」

「徹宵して書状を書いたせいでおれの手首が腫《は》れたか。付け文でも書いて、てこずったか」

「いえ、相手は国許の父上です」

「無粋な文を書いたせいで磐音が荒れておるぞ。皆の衆、用心めされよ」

洲元の言葉に笑いが起こった。

そのとき、玄関先で、

「頼もう」

の声が上がった。

若い門弟が応対に出たがすぐに戻ってきて、見所《けんぞ》の佐々木玲圓になんぞ告げた。

玲圓がなぜか磐音のほうを見ながら、しばし考えた後、若い門弟に指示を与えた。

玲圓のかたわらには、久しぶりに道場に姿を見せた速水左近がいた。

「稽古をやめよ」

玲圓の命で稽古が中断され、七、八十人の門弟が左右に分かれて退《ひ》いた。

「坂崎、そなたを指名して立合いを申し込んできた者がおるそうな。まずは道場に呼んだが、身に覚えがあるか」

「それがしにございますか」

磐音は、佐々木道場に堂々と訪れ、立合いを申し込む相手など覚えはない。

一瞬、桜子を鳥取藩の上屋敷に送っていって以来、身の周りに付きまとう殺気の主かと考えた。だが、密かに付け狙う刺客が、江戸でも名だたる佐々木道場に、それも白昼の稽古の折りに訪ねてくるとも思えなかった。

「いえ、思い付きませぬ」

磐音が答えたとき、若い門弟が三人の武芸者を連れてきた。諸国を遍歴してきた名残を、綻《ほころ》びのある野袴《のばかま》にとどめた三人だ。

「門弟坂崎磐音との立合いを申し込まれたようだが、なんぞ謂れがあってのことかな」

見所の前に座した三人に玲圓が訊いた。

「われら、諸国行脚の途次、江戸に立ち寄り申したところ、佐々木道場の門弟坂崎磐音どのと申される人物、なかなかの腕前との風聞に接してござる。剣の道を志す者として一手ご指南をと、訪いを告げた次第にござる」

至極真っ当な返事が戻ってきた。

「流儀とお名前を伺おう」

「心形刀流《しんぎょうとうりゅう》日野伝中《ひのでんちゅう》」

と頭《かしら》分が答え、二人目三人目がそれぞれ、

「円明流《えんめいりゅう》破千村小助《はちむらこすけ》」

「同じく円明流倉知三太夫《くらちさんだゆう》」

と名乗った。

「坂崎、いかがいたすな」

玲圓が磐音を見た。

訪問者も磐音を注視し、

（こやつか、若いな）

というような表情を顔に浮かばせた。その心中は別にして、顔付きは明らかに磐音を知らないことを示していた。

「旅の武芸者の方とお手合わせできる機会などそうそうございませぬ。ご指導を願いとうございます」

磐音の返事に三人が何事か話し合った。そして、長身の破千村小助が、
すいっ
と立ち上がった。

その手に木刀が握られていた。

「そなたら、木刀試合がお望みか」

玲圓がとうとう正体を見せたかという表情で訊いた。

木刀試合は真剣勝負と変わりない。当たりどころが悪ければ不具となり、時に

死に至る結果を招く。

道場にざわめきが走った。

「武者修行の稽古は木刀にござる」

にべもなく日野伝中が答えた。

磐音はその言葉を聞くと、壁にかけられてあった愛用の木刀を摑み、静かに道場の真ん中に進み出て、見所の佐々木玲圓に挨拶した。

「勝負は一本、それがしが審判を務める」

見所から下りた玲圓が二人を差し招き、作法どおりの礼から勝負を始めさせようとした。

磐音が正座して挨拶を送った。

だが、破千村は立ったままその礼を受け流した。

磐音は瞑想し、心を鎮めた。

寸毫《すんごう》の瞑想の間、動いた者がいた。

長身の破千村が飛鳥のように間合いを詰めて、瞼を閉じた磐音の眉間めがけて木刀を叩き込んだ。

殺到する気配を感じた磐音がとった行動は思いがけないものだった。かたわらの木刀を摑むとごろりと横に転がった。足先が破千村に向けられ、突進してきた膝を軽く蹴った。よろめく破千村の木刀の切っ先が道場の床を叩き、痛撃に思わず木刀を取り落としそうになった。

その瞬間、磐音が起き上がり、木刀を相手の肩口に軽く落とした。

一見軽く見えた打撃が、破千村小助を押し潰すように転がした。

「勝負あった」

玲圓が磐音の勝ちを宣した。

「次はどちらか」

立ち上がる倉知を制した日野伝中が、

「坂崎磐音の腕、ちと甘く見ておった」

と呟くように言うと、道場の中央に進み出た。

背丈は五尺六寸ほどか、体の均整が見事に取れ、腕も足も太く、猛稽古を偲ばせた。なにより落ち着き払った態度は幾多の修羅場を潜《くぐ》ってきたことを示していた。

磐音はそのとき、道場の外からの監視の目を意識した。

佐々木道場は二つの面が通りに面して、格子窓が嵌め込まれていた。

剣道好きの職人や棒手振りが稽古を覗くのはいつものことだ。だが、好奇の眼差しとは異なる憎しみの目が磐音を見守っていた。

磐音はそのことを忘れて、当面の日野伝中に集中することにした。

両者とも作法どおりに立ち合い、相正眼に構えた。

間合いは木刀の先端、半間だ。

半歩踏み込めば死地に至った。

日野は磐音の呼吸を読み、出方を窺った。

磐音は山中にひっそりと水を湛えた湖面のように、漣《さざなみ》一つ立てることなく静寂を保った。

四半刻（三十分）の対峙が瞬く間に過ぎ、日野伝中が仕掛けた。気配もなく踏み込むと磐音の不動の木刀を弾き、肩口に打撃を加えようとした。

その瞬間、日野は予期せぬ感触を得た。

弾いたはずの磐音の木刀が、真綿に包《くる》まれたように吸い付いていた。

「なにくそっ！」

日野は木刀を引き剝《は》がそうと太い腕に力を込めた。だが、力を込めれば込めるほどその力が吸い取られるようで、

（これはなんとしたことか）

という驚きを禁じ得なかった。

その驚きが老練な武芸者に焦りを呼んだ。

日野は引くと見せて押し込み、自らの肩を磐音の胸板にぶつけた。だが、不意に空を切らされて、たたらを踏むように道場の羽目板近くまで行ってしまった。

日野は必死で反転した。

決死の勝負であればこの好機を逃す者はいない。

だが、振り返った日野は、最初己れが立っていた場所に、日野が構えに戻るのをひっそりと待つ磐音を見た。

「おのれ、愚弄《ぐろう》しおって！」

日野伝中の構えが八双に突き上げられ、一気に間合いを詰めた。

必殺の袈裟《けさ》斬りが磐音の肩口を見舞った。

だが、日野は、磐音が風のように踏み込みつつ木刀を車輪に回したのを見落としていた。

ばしり

と胴抜きが決まった。

脇腹《わきばら》の骨が何本か折れる音が響いて痛撃が走り、日野伝中は道場の床に転がった。

「勝負あった！」

玲圓は一人残った倉知に、

「お仲間を連れて引き上げられよ」

と静かに、だが、威厳を持って宣告した。

道場が静かに沸き、格子窓の監視の目が消えた。

「まことに覚えはないのか」

師匠の玲圓が磬音に訊いたのは朝餉の仕度ができた座敷だ。その場にいるのは御側衆の速水左近と玲圓の三人だけだ。

「このところそれがしを監視する者がいるようです。その者と関わりがあるのかないのか分かりませぬ」

「格子窓から勝負を観察したようだな。そなたの腕をあやつらに試させたのかもしれぬ」

と玲圓が答え、

「そなたの周りはなんとも慌ただしいことよ」

と呆れたように言った。

「どうするな、坂崎どの」

速水が訊いた。

「こちらから仕掛けるわけには参りますまい。なにが起こるか、待つしか手はございませぬ」

「これで無給とは、われら幕臣はちと心苦しい」

と速水が苦笑いした。


道場の後、その足で深川に戻った。

一睡もしていないこともあったし、今津屋のおこんの機嫌を損ねていた。顔を出すのは憚《はばか》られた。

両国橋を渡ったところで、楊弓場《ようきゅうば》「金的銀的《きんてきぎんてき》」の主《あるじ》の朝次《あさじ》に会った。

「日中、長屋に急いで戻る用事がございますので」

「用事はないが、昼風呂にでも行こうかと足を速めておった。道場の帰りでござる」

「ならばお茶でも飲んでいきませんか」

朝次の誘いに、

「商いの邪魔にはならぬかな」

と返事しながら磐音は朝次と肩を並べていた。

その朝次の手に竹皮包みがあった。

「ご存じのとおり、この刻限は客はあっても冷やかしだ。娘たちものんびりしてまさあ。そこで、近くにできた饅頭《まんじゆう》屋に主自ら出向いて、黒蜜《くろみつ》饅頭なるものを仕入れてきたところですよ」

「さすがに朝次どのは気配りが違う」

「なあに女房の命で、一番暇なわっしが使いを頼まれたんでさ」

と苦笑いしたとき、二人は楊弓場に到着していた。

「あれ、金兵衛長屋の浪人さんだ」

「近頃、六間堀にお供を連れたお姫様の乗り物がしばしば現れて、浪人さんに付け文を残していくそうよ」

「聞いた聞いた。浪人さんも満更ではないらしく、嬉しそうに肩を並べてお姫様と歩いてたそうじゃない」

「今津屋のおこんさんに知れたら、えらいことだわ」

矢返しの娘たちがわいわいがやがやと好き勝手なことを言い合った。

「ほれ、饅頭だ、おまえらは奥で茶を飲め」

と朝次は娘たちを奥へ追いやり、

「坂崎様の身辺には無粋な話しか持ち上がらねえというのが通り相場だが、近頃は宗旨替えなされたか」

と訊いた。

「そのような話ではござらぬ、親方」

と磐音は、織田桜子を助けた経緯などを掻い摘んで話して聞かせた。

「なにっ、人助けをして懸想されましたかえ」

「懸想かどうか、時に六間堀にお駕籠が乗り付けられて、いささか迷惑をしておる」

「呆れた話だぜ」

と答えた朝次が、

「いやね、この界隈に坂崎さんの身辺を探って歩く侍がいるというのを小耳に挟んでお呼びしたんだが、こいつはそっちの関係かな」

「それがしのことをですか」

「なんでも屋敷者、それも国許から出てきた勤番者ではない、江戸の水にたっぷり浸かった定府侍《じょうふ》らしい。なんの狙いか知らないが、お気をつけなせえ」

「親方、有難うござる」

と磐音が頭を下げたとき、女将のおこんが茶と黒蜜饅頭をお盆に載せて運んできた。

「これは美味しそうな」

磐音の注意は、磐音の身辺を探り歩く武家から黒蜜饅頭に移っていた。

四

鳥取藩でお家流儀と呼ばれた剣術は、深尾《ふかお》角馬《かくま》重義《しげよし》が創始した雖井蛙《せいあ》流であった。だが、時代が下り、元禄《げんろく》期（一六八八〜一七〇四）には東軍《とうぐん》流、元文《げんぶん》から寛《かん》保《ぽう》期（一七三六〜四四）には武蔵円明流、寛政《かんせい》期（一七八九〜一八〇一）には理方《りかた》得心《とくしん》流と流行り廃《すた》りがあって、家臣たちが通う道場も異なった。

雖井蛙流は鳥取藩の御家流といわれた時代から長い歳月が過ぎ、藩内でこの流儀を稽古し、技を伝承するものは絶えた、と考えられていた。

馬廻りの猪野畑平内《いのはたへいない》が突然国表《くにおもて》の鳥取から江戸藩邸に呼ばれた。指示された屋敷は品川外れ戸越村の下屋敷だ。

待っていたのは、着座筆頭荒尾《あらお》家の用人村上新六《むらかみしんろく》であった。

「猪野畑、そなたの先祖は荒尾家の雇人から馬廻りに転じたのであったな」

「はあっ」

猪野畑はただ返事した。

馬廻りは士分だが、格式がない者が役に就いた。馬廻りは着座または番頭《ばんがしら》を組頭にして、その支配下に置かれていた。忌憚なく申せば、

「馬廻りは馬以下、腹っぺらしには嫁も来ぬ」

と馬廻り自身が自嘲《じちょう》するほどの身分だ。

「荒尾成熙《なりひろ》様はそなたが国許にて馬廻りに甘んじておることを懸念なされてな、江戸に呼ばれた。そなたの奉公次第では猪野畑の家も大事に、お役目も考えておられる」

「はあっ」

「だが、漫然としてお役に就き、家禄《かろく》が上がるわけもない。その道理、田舎者《いなかもの》の

そなたとて分からぬわけではあるまい」

「はあっ」

「そなた、雖井蛙流の技を伝承してきたと申すが、確かか」

「はあっ」

猪野畑の返事は変わらなかった。

「見せてみよ」

下屋敷には家中でも腕に覚えのある六人がすでに呼んであった。

即座に猪野畑平内は、庭に呼び込まれた六人と対決させられることになった。

最初から一対六の実戦であった。

得物《えもの》も木刀と命じられた。

勝負如何《いかん》では死も覚悟の試しであった。

猪野畑は黙って庭に下りると裸足のまま立った。

木刀が廊下に控えた小姓から投げられ、それを受け取った猪野畑は六人に向き合った。

背丈は五尺六寸余、日頃から飽食などとは無縁の暮らしを示して、骨の上に皮が載っているような痩身《そうしん》であった。

六人の若武者は、

「なんだ、国許から呼ばれた剣者と申すから大兵《たいひょう》かと思うたが、ただの腹っぺらしか」

と侮った。だが、猪野畑の痩身を覆うものは、鍛え上げられた筋肉そのものであったのだ。

「そのほうら、猪野畑を侮るでないぞ。叩き殺すつもりで戦え」

村上新六の命に六人が木刀を構えて、猪野畑を半円に囲んだ。

そのとき、それまで閉じられていた襖が薄く開き、頭巾に面体《めんてい》を隠した荒尾成熙が戦いを見守った。

勝負は一瞬の間に決着を見た。

仕掛けたのは六人だ。

猪野畑の体はその場から動くこともなく、飛び込んできた若武者の肘《ひじ》、脛《すね》を続けざまに叩いて転がした。

猪野畑が手にした木刀は実に緩やかに使われたように、村上にも荒尾にも思えた。

一方、六人の若武者の動きは迅速を極めていた。

だが、庭先に倒れて痛みに呻いているのは六人のほうだった。

村上はしばし呆然としていたが、

「おのれら、日頃の大言壮語はどこにいきおった！」

と怒鳴りつけると、六人の者たちを引き下がらせた。そして、庭に控えさせられた猪野畑平内は第二の人物、荒尾成熙と対面させられた。

「その腕を活かす場を与える。そのほうが命をなし遂げれば、馬廻りから御番組に抜擢《ばってき》いたす。よいか」

「なんなりと」

と猪野畑平内は返事した。

着座筆頭にして藩主の外戚、荒尾一族の長《おさ》と対面することなど考えられない暮らしが馬廻りだ。その鼻先に出世の機会が投げかけられたのだ。

猪野畑平内は、

（なんでもやり抜く）

と己に言い聞かせた。

「しばらく下屋敷に潜んでいよ。近々、村上がそなたに御用を申し付ける」

その言葉を最後に荒尾成熙の姿が消えた。

「そのほう、江戸の地理に暗かろう。明日より江戸を歩き、御用の際に戸惑わぬよう、習熟いたせ」

村上は下屋敷の役宅の一室と当座の金子を与えた。

猪野畑は翌日から戸越村を出ると御府内をせっせと歩き回り、御城を中心に発展を遂げた江戸の地理を頭に叩き込んだ。

猪野畑平内が村上新六から御用を命じられたのは上府からひと月半後のことだ。

御用は、

「深川六間堀の金兵衛長屋の住人坂崎磐音の暗殺」

であった。

「相手は一人にございますか」

「いかにも。だが、猪野畑、侮るな。相手は神保小路直心影流佐々木玲圓門下の剣術家だ。手強い」

村上は、

「坂崎の腕前をそなたの目で確かめよ」

と日限を指定して佐々木道場に向かわせた。

格子窓から覗いた坂崎磐音は、村上新六が評した以上の腕前であった。

村上が差し向けた武芸者二人が倒される光景に接して、猪野畑は剣者の血を奮い立たせた。出世もさることながら、

（こやつを斃《たお》す、斬る）

という思いに武者震いした。

猪野畑平内は佐々木道場で坂崎磐音の腕を確かめた後、下屋敷に籠《こも》った。そして、坂崎を討ち果たす技の工夫を重ねた。

江戸の空を暗雲が覆い、大粒の雨が降り始めた。

陰暦八月、十五夜の日の昼下がりだ。

「折角のお月見がだいなしだよ」

「なんだか日中から夜のようだねえ」

と方々の長屋から嘆きの言葉が聞こえてきた。

磐音の住む金兵衛長屋でも、子供たちを喜ばせようとおたねたちが月見の宴を井戸端で考えていたが、

「これじゃあ、月見団子を長屋で食べることになりそうだねえ」

と諦めた。

だが、雨は暮れ六つ（午後六時）には上がった。そこで子供たちが井戸端に集まり、芒《すすき》と月見団子を飾って無月の空を恨めしそうに眺めながらも団子を食べた。

そんな騒ぎも六つ半（午後七時）過ぎには終わった。

磐音は子供たちの騒ぎを聞きながら、夕餉を食べた。

炊き立てのご飯に豆と昆布の煮物に大根の漬物が菜だ。

豆と昆布の煮物はその昼前、品川家を訪ねた際に幾代が持たせてくれたものだ。

暗い空の下、北割下水の品川家を訪ねたのには理由があった。

前日のことだ。

別府伝之丈と結城秦之助が、豊後関前から届いたばかりの海産物を持って長屋を訪ねてきてくれた。生憎《あいにく》、磐音の留守中のことだ。いずれ独り者では始末に困る。そこで金兵衛をはじめ、長屋の住人や宮戸川の鉄五郎親方にお裾《すそ》分けし、その一部を品川家にも届けたのだ。すると幾代が、

「なんと艶々《つやつや》した昆布でしょうね。うちが普段に使うものとは雲泥の差です」

と言いながら、茶請けに豆と昆布の煮たものを出してくれた。

それを磐音が、

「うまいうまい」

と食べるものだから、

「坂崎様はほんに育ちがよいのですね。なんでも美味しいと召し上がる。それも本心が顔に現れておられます」

と喜び、

「今宵は十五夜です。いかがです、坂崎様、北割下水でお月見をしていかれませぬか」

と誘ってくれた。だが、空模様が怪しかった。

「竹村家にも届けに参りますゆえ」

と断ると、幾代が小鉢に煮物を持たせてくれたのだ。

その菜で夕餉を終え、一騒ぎの終わった井戸端で洗い物をした。

(このところ今津屋を訪ねておらぬな。明日には顔を出すとしよう)

と考えながら洗い物を終えたとき、木戸の外で戸が開く音がした。

磐音はそのことを気にすることもなく、長屋に戻った。

寝るには早い刻限だ。かといってなにかをするには中途半端な時間だった。

(どうしたものか)

と迷った末に刀の手入れを始めた。

どれほど刻限が過ぎたか、溝板を踏む足音がして磐音の長屋の戸口に止まった。

磐音が顔を上げたのと、おこんが戸を開いたのが同時だった。

「おこんさんか。親父どのを訪ねられたか」

「まあ、そんなところ」

おこんは畳んだ風呂敷を胸に抱えていた。金兵衛に綿入れでも持参したか。

「どうしているかと思って様子を見に来たの。元気ならいいわ」

と言っておこんは戸を閉めようとした。

「これから今津屋に戻られるか」

「奉公人ですもの、そうそう勝手は利かないわ」

「送って参ろう」

磐音はおこんの返事も聞かずに仕度を始めた。

秋風が吹き渡る大川のことを考えて、古びた袴を身につけ、手入れをしたばかりの包平《かねひら》と脇差を差せば仕度はなった。

「まだ四つ（午後十時）には間があるし、一人で帰れるわ」

おこんが繰り返し断るのを、

「おこんさん一人、大川を渡すわけには参らぬ」

と木戸口を出た。

六間堀は常夜灯の灯りが届く範囲の外は闇に沈んでいた。無論、闇が広大に二人を取り巻いていた。

「十五夜だというのに、お月様も泣いているわ」

おこんが無月を嘆いた。

二人は御籾蔵の暗がりを抜けて新大橋に出ようとしていた。

「おこんさん、なにやら元気がないように見受けられるが、どうかなされたか」

おこんから返事はなかった。

ただおこんの息遣いだけを磐音は感じ取っていた。それがどこか感情を高ぶらせているように思われた。

磐音が口を開こうとしたとき、おこんが、

「ごめんなさい！」

と不意に詫びの言葉を叫んだ。

「どうなされた、おこんさん。それがし、おこんさんから詫びられることなど覚えがないが」

「私、分かっているの。鳥取藩の桜子様のことを論《あげつら》ったものだから、怒って今津屋に顔を出さないのでしょう」

　おこんが一気に言った。

「なんだ、そのようなことであったか」

「なによ。そのようなことって」

「気に障ったら謝る。だが、それがし、なにもおこんさんに怒って今津屋どのに顔を出さなかったわけではない。なにやら忙しかったのだ。最前も、明日辺り顔を出そうと考えておったところだ」

「ほんとなの。私のこと、怒ってないのね」

　おこんが足を止めて磐音の片袖《かたそで》を摑んだ。

「虚言など申さぬ」

　おこんの顔が磐音を見上げた。

　磐音はすぐ側でおこんの息遣いを聞いた。

　おこんが磐音の胸に飛び込んで泣きだした。

　磐音はおこんの肌の温もりを感じながらも抱きとめて、感情が鎮まるのを待った。

　無明の闇にうっすらと灯りが射した。

雲間を割った月から数瞬、光が戻ったのだ。

磐音の胸に顔を寄せていたおこんが、

「どうしたって坂崎磐音の心の中には奈緒様しかいないのね」

と呟いた。

「おこんさん、思うたところでどうにもならぬ。相手は吉原の太夫どのだ」

おこんがどんどんと拳で磐音の胸板を叩いた。

磐音にはおこんの気持ちが分かっていた。だが、どうにもしようがなかった。

その思いを込めておこんを両腕で抱きしめると放した。

「参ろうか」

二人は再び肩を並べて、新大橋を渡りかけた。

数瞬、雲間を割った月は、再び厚い雲の下に隠れていた。

川面を渡った秋風が二人の身に吹き上げてきた。

磐音とおこんは互いの気持ちを斟酌《しんしゃく》しながら、長さ百十六間の新大橋の中ほどにかかろうとしていた。

磐音がおこんの手を強く引いた。

俯《うつむ》き加減に歩いていたおこんが磐音を見上げた。

「無粋な客が出おったわ」

おこんは磐音の告げた言葉の意味を理解しかね、不意に磐音の視線の先に目を移して、小さな叫びを上げた。

「この者のようだ。ここ数日、それがしを付け狙っておったのは」

磐音は、小さく痩せて見えるその男の五体に危険な技と力が秘められていることを悟った。

互いに憐憫をかけ合うほど余裕のある戦いではなかろう。

生と死の二つしか道はなかった。

剣士の本能がそのことを教えていた。

「おこんさん、ここに待っておられよ」

磐音はおこんの手を引いて欄干《らんかん》に寄せた。

離そうとする手をおこんが強く握り返し、

「死んじゃ駄目！」

と叫んだ。

磐音は頷き返すと刺客の前へと歩み寄った。

間合い五間で足を止めた。

「それがし、坂崎磐音と申す。そなたは因幡鳥取藩の関わりの者か」

「雖井蛙流、猪野畑平内」

とだけ名乗った。だが、その態度は鳥取藩の家臣であることを示していた。

「それがしには、そなたと戦うなんの遺恨もない」

「坂崎磐音、そなたの命、頂戴いたす」

猪野畑平内が剣を抜いた。

定寸の刃渡りより一寸五分ほど短い剣を、切っ先を右に寝かせて構えた。

磐音は包平二尺七寸を抜き、大帽子《きっさき》を左斜め下に流して寝かせた。

二人はちょうど左右対称に剣を構え合ったことになる。

五間の間合いのまま時が流れた。

無明の闇で互いの顔の表情は読めなかった。ただ、ぎらぎらとした猪野畑平内の目玉だけが光っていた。

猪野畑がじりじりと両足を広げて、腰を沈めた。

川風が橋の上に吹き上げてきた。

猪野畑の乱れた鬢《びん》が靡く気配があった。

その直後、風に乗ったかのような猪野畑平内が間合いを詰めてきた。

磐音を監視していたとき、あれほど放っていた殺気は微塵も感じられなかった。

ただ風に紛れて間合いを詰めてきた。

その間に、右横に寝かせられていた剣の切っ先が大きな円弧を描いて、頭上に突き上げられるように変じていた。

間合いが二間を切り、一気に死地に入った。

猪野畑の剣が磐音の肩口に落とされた。

風のような軽やかな剣風だ。だが、その風には鋭利な刃が隠されてあった。

袈裟《けさ》に落ちてきた猪野畑の剣を、磐音の擦り上げられた包平が合わせた。

二つの剣が動きを止めた。

うーん
という声が猪野畑の口から洩れた。

真綿で包まれた感触は、猪野畑も予測がつかなかった事態だった。

力押しに猪野畑は磐音を押しまくった。

小さな猪野畑が六尺を超えた磐音を押し込んだ。

磐音は抗《あらが》うことなく、
するする

と下がった。

磐音が下がりながらの鎬《しのぎ》を削る鬩《せめ》ぎ合いが続いた。

猪野畑はさらに押し込んだ。そして、間合いを空けるべく剣を引きつつ、飛び下がろうとした。だが、磐音の包平はその意図を読んだように、引くのに合わせて押し返してきた。

「おのれ！」

無言の裡に力を溜めていた猪野畑は、吐き捨てた一言によって自らの力を弱めさせた。思わぬ後退を余儀なくされた猪野畑はその場に渾身《こんしん》の力を吐き出して留まり、動きが止まった瞬間に飛び下がった。

間合いが開いた、と猪野畑は思った。

だが、予測もかけぬ事態が生じていた。

磐音が間合いを外そうとする猪野畑に食らい付き、押し込んできたのだ。

猪野畑は押されながらも包平を弾いた。

二つの剣の間に隙間ができた。

互いに間隙を埋めようと刃を交わらせた。

ちゃりん

闇の橋の上に火花が散った。
互いが阿吽《あうん》の呼吸で飛び下がった。
飛び下がりながら切っ先を相手の喉元《のどもと》と肩口に落とし合った。
刃渡り二尺七寸と二尺一寸五分、五寸五分の長短が生死を分けた。
ぱあっ
と包平の大帽子に喉元を斬り裂かれた猪野畑が、なおも後退しながら踏ん張ろうとした。だが、腰から急速に力が抜けて、
どどっ
と橋の上に尻餅《しりもち》をつくように転がった。
磐音はしばし無言で立ち竦んでいたが、
ふうっ
と息を吐き、血振りをくれると鞘に納めた。
「坂崎さん」
と泣き声を上げたおこんが背に抱きついてきた。
二人はしばらくそのままじっとしていた。
無月の暗い世界が磐音とおこんを優しく包んでいた。

第五章　鐘ヶ淵の打掛け

一

秋が深まりを見せる中、磐音はできるだけ普段どおりの暮らしを心掛けようとしていた。

新大橋で刺客に待ち伏せされた一件は、その夜の裡《うち》に今津屋の老分由蔵に相談した。店まで送っていき、偶々《たまたま》起きていた由蔵に、おこんが青い顔をして震えている理由を話したのだ。またここ数日、監視の目に晒されていたこと、さらには佐々木道場において坂崎磐音を名指しての武芸者が訪れたことなどを言い添えた。

「なんと、未だ鳥取藩は内紛を引きずっておりますか」

と呆れ顔をした由蔵は、

「このようなことを繰り返しておると、鳥取藩主池田重寛《しげのぶ》様にも迷惑が及びましょうな」

と考え込んだ。

「ともあれ、今日はもう大川を越えて帰られるのはおやめなされ。うちに泊まって相談をいたしましょうか」

由蔵は磐音を台所に連れていった。

そこは広くてだれにも迷惑を及ぼすことがないうえに、火鉢に埋めた熾《おき》を掻き出せば火もあり、茶も飲めた。

自分の部屋に戻っていたおこんが再び二人の前に姿を見せて、

「お茶よりもお酒がいいでしょう」

と手際よく酒に燗をして、烏賊《いか》の塩辛などを出してくれた。

斬り合いを目撃させられた衝撃から立ち直り、普段のおこんに戻っていた。いつもの自分の居場所に戻ったせいだ。

磐音は一口酒を口に含むと、体内の興奮がゆっくりとだが鎮まるのを感じた。

「坂崎様、まずこの事実を鳥取藩に知らせねばなりますまい。鳥取城下から若侍に扮して密書を持参なされた織田桜子様が面会し、密書を届けられようとしたのが、御側《おそば》御用人の安養寺《あんようじ》多中《たちゅう》様でしたな」

「はい」

磐音は偶然のきっかけから桜子に頼まれ、藩邸まで密書を届ける役を果たした。

そのときも由蔵に相談し、今津屋の老分に一役買ってもらい、磐音は今津屋の奉公人の体《てい》で鳥取藩を訪ね、密書を渡したのだ。

その相手が安養寺だった。

「あの帰り道、親切を施した私どもを襲った者がいた。あれは間違いなく江戸家老和田《わだ》参左衛門《さんざえもん》様の姑息な考えにございました」

用事を済ませた二人を日本橋魚河岸《うおがし》の地引河岸に襲い、二人の口を封じようとした者がいた。磐音が刺客たちを撃退した後、由蔵が、

「古狸《ふるだぬき》め」

と吐き捨てた。

由蔵は、密書で助けられたはずの江戸家老の指図と、商人《あきんど》の勘で感じとったのだ。

磐音は由蔵と相談の上、南町の知恵者与力笹塚孫一にそのことを告げた。

笹塚が動いた直後、

「お店に安養寺多中様がおいでになって、頭を擦《こす》り付けるようにして詫びていかれましたな。あの顔には和田様の独断に不快の念を感じておられるのが読み取れました。あの様子からも、あの夜の刺客は和田様が放たれたものだと察することができます。だが、こたびの一件は違う。粛清されたはずの反対派が送り込んだ刺客と見てようございましょうな」

「まず間違いないかと」

「過日の夜のこともあります。江戸家老和田参左衛門様は信頼がおけませぬ。だが、安養寺多中様ならば池田重寛様の御側衆ゆえ、重寛様の信頼も厚いと聞いております。私は今宵の一件の経緯《いきさつ》を安養寺様に書き送ります。なにしろうちの大事なおこんさんを騒ぎに巻き込んだのですからな」

今津屋の由蔵が強気の姿勢を三十二万石の国主大名池田家にとれるのは、金子の用立てが背景にあってのことだ。

「それがしはなにもせずともようございますか」

「いえ、ございます」

と答えた由蔵は、しばし思案するように杯の酒を口に含んだ。

「桜子様のお父上は大寄合織田宇多右衛門様にございます。着座十家大寄合四家の中でも、重寛様のご信頼が厚い方と聞いております」

由蔵の語調は鳥取藩の内紛を調べたようで自信に満ちていた。

「池田重寛様を御守りするのが桜子様の父上の織田様、江戸家老和田様、さらには御側御用人の安養寺様らです。一方、騒ぎを起こした反対派の頭分《かしら》は、着座筆頭の荒尾成熙様にございます。だが、池田家では藩内に遺恨を残すことを恐れて、荒尾様を始末しきれなかった。根っこを抜ききれなかったことが騒ぎの再燃の原因。坂崎様に刺客を送り込んだ背景です」

さすがは今津屋の老練な大番頭だ。鳥取藩の内紛をちゃんと調べて把握していた。

「坂崎様を亡き者にした後、うちにもその手が伸びてこぬとも限りません。坂崎様、この一連の展開、やはり桜子様を通して国許におられる父上織田宇多右衛門様に知らせておくことが肝要にございます。桜子様にこの経緯を書き送っていただけませんか」

由蔵は、鳥取藩の江戸屋敷は自分が担当する代わりに、国許の織田宇多右衛門に内紛の火種が残っていることを、桜子を通じて告げ知らせよと言っていた。

「承知しました」

おこんが二人の会話を黙って聞いていた。

由蔵と磐音は二合の酒を酌み交わし、磐音は店奥の階段下の小部屋に休むことにした。

夜具を敷き延べてくれたおこんに、

「筆と硯を貸してくだされ。今晩のうちに書状を書き上げます」

と頼んだ。

頷いたおこんが筆記用具と巻紙を持参した。

「おこんさんまで騒ぎに巻き込んでしもうたな。相すまぬ」

部屋を出ていこうとするおこんに磐音は謝った。

「坂崎さんってつくづく損な性分ね。親切をして争いに巻き込まれるのだもの」

「それがし一人なら致し方ない。だが、おこんさんや今津屋どのを巻き込むとなると、おこんさんが言われるようにお節介が過ぎるのやもしれぬ」

磐音の嘆きをおこんは言下に、

「違うわ。勘違いしないでね」

と否定した。

「坂崎さんが悪いんじゃないの。世間が悪いのよ」

と言い添えて下がった。

翌朝、磐音は書き上げた書状を由蔵に託して、朝まだきの両国橋を渡った。明け六つ(午前六時)前、すでに橋の上も下も動きがあった。

荷足舟が何艘《そう》も河口を目指し、橋の上では職人衆が道具箱を肩に担いで普請《ふしん》先に急いでいた。

磐音を包む川風にも秋の涼気が感じられた。

ふと豊後関前藩が借り上げた正徳丸など二隻の弁才船の荷は、うまく値がついたであろうかと案じた。だが、すぐに、

(もはや関わりなきこと)

と頭に浮かんだ考えを強引に追い出した。

宮戸川ではすでに小僧の幸吉が店の前の掃き掃除をしていた。

「おや、長屋の方角とは違うぞ。吉原の朝帰りとは思えねえし、どうしたんだい、浪人さん」

「昨夜《ゆうべ》、おこんさんを今津屋に送っていって泊めてもろうたのだ」

「なんだ、そんなことか」

「今日の鰻はどうかな」

「活きのいい深川鰻が、昨夜のうちに届けられてるぜ」

「ならば一働きいたそうか」

店を通り抜けて裏の井戸端に出た磐音は、大きな竹の籠《かご》に入れられ、水に浸けられた鰻たちに、

「成仏してくれよ」

と言いかけると仕事にかかった。

磐音を見下ろす柿の実は赤く色付いていた。

六間湯で普段よりもゆっくりと朝湯に浸かり、さっぱりとした気分で湯屋を出た。

桜子に宛てた書状を書いたので、眠ったのは八つ（午前二時）過ぎだった。

（長屋に戻り、昼寝をするか）

そんなことを考えながら六間堀に架かる猿子橋を見ると、別府伝之丈と結城秦之助が長閑な秋の陽射しを浴びて立っていた。

顔がのんびりしているところを見ると、関前からの第二便の商いもうまく終わ

ったのか。

「昨夜は今津屋様の仕事ですか」

秦之助が訊いた。長屋の女にでも聞いたのか。

「仕事ではないが今津屋に泊めてもろうた」

と答えた磐音は、

「先日はそれがしにまで関前の海産物を届けてもろうてかたじけない。もはやそのような心遣いは無用だぞ」

「千石船二隻分の荷です。坂崎様の使い分くらいなんでもありません」

伝之丈が答え、

「今日は報告かたがた、昼餉でもご一緒しようとお誘いに上がりました。ご都合はいかがですか」

「お誘いとは、嬉しい限りだ」

磐音が答えると、

「ではご案内します」

と二人はすでに行く当てがあるのか、磐音を導くように歩きだした。

磐音は濡れ手拭いを下げた格好で二人に従った。

「商いはうまくいったか」

「こたびは正徳丸のほかにもう一隻の荷です。若狭屋も、荷がこのところ溢れておるゆえ苦労をしたようですが、さすがは日本橋魚河岸の商人、昨日までにすべて捌ききりました」

「それはなにより」

「粗利でおよそ五百五十両ほど。一隻で生んだ利の半分ほどです」

「最初がうまくいきすぎたのだ。よいことも悪いこともあろう」

「はい、若狭屋の番頭もそう言うておりました」

話しながら伝之丈の足は両国橋の方角に向かっていた。

竪川に架かる一ッ目之橋を渡ると秦之助が、

「昼間から猪肉《ししにく》を食べさせるもゝんじ屋を見付けました。われら二人で入るのは気が引けますゆえ坂崎様をお誘いしました」

と正直にその経緯を告白した。

江戸では獣肉は身が穢《けが》れると称して、表立って看板を掲げるのは遠慮されてきた。だが、時代が下るにつれて、

「山くじら」

と言い換えたりして食するようになっていた。

これが薬喰い、滋養になると評判を呼び、麴町や両国界隈にも、ももんじ屋が何軒も開かれた。

伝之丈らはいつ知ったか、両国東広小路の南側の河岸に広がる御石置き場の近くのももんじ屋に磐音を案内した。

「なんと、かような場所にももんじ屋があったか」

障子に山くじらと大書された戸を押し開くと、まず鍋《なべ》から上がる湯気がむわあっと三人の身を包み、職人衆とか屋敷務めの中間が酒を飲みながら、鍋を囲んでいるのが眺められた。

「これは美味そうな匂いだな」

磐音は鼻をひくつかせた。

江戸では忌み嫌われた獣肉も、関前領内では冬の食べ物だ。三人とも馴染みの味であった。

入れ込みの板の間に座った三人に、絣《かすり》を着た小女が注文を取りに来た。

「坂崎様、念を押しますが、今日は私どもの奢《おご》りです」

「牡丹《ぼたん》」

「なにもせぬのに気が引けるが、馳走になろう」

伝之丈が酒と鍋を注文した。

「正徳丸はいつ江戸を離れるな」

「それにございます」

と秦之助が身を乗り出すように言った。

「戻り船の荷が集まりません。古着などは富沢町で買い込みましたが、豊後一円で捌ける品を思いつきません」

「無論、江戸のように富者は少のうございますから、値が安くたれもが求めるものでなくてはなりません」

と伝之丈も補足した。

「先日のようにうまい具合に潰れたお店《たな》の雑貨、反物、太物が手に入るわけではないからな」

下谷広小路に衣料雑貨の問屋を営んでいた奥州屋《おうしゅうや》の商いが傾き、売れ行きも止まった。資金繰りが苦しくなった奥州屋では、先代以来の付き合いの今津屋に四百両の借金をした上に、新しく七十両を追い借りして新しい品を仕入れた。その矢先に主の正兵衛《しょうべえ》が亡くなり、今津屋では四百七十両の代わりに二つの蔵と店に残された品を得た。

白木綿《もめん》、縞木綿《しま》、浴衣地《ゆかた》、襦袢《じゆばん》、腰巻、帆布、糸、針、前掛け、羽織の紐《ひも》、帯、日傘に反物と多種な品が残されていた。

これらを今津屋の好意で豊後関前に持ち帰り、処分して五百両余りの利益を生み出していた。今津屋と利益を六四で分けたが、帰り船から利が生まれたのは大きかった。

第二便は二隻になっていた。

空荷で帰るか豊後で捌ける品を集められるかは、商いの勝負どころだ。

「中居半蔵《はんぞう》様が坂崎様に相談せよと申されて、本日の飲食代をいただいて参りました」

「なにっ、そなたらの懐が痛むわけではないのか」

「とてもわれらの俸給ではもんじ屋に入ることはできませせぬ」

「ではあろうが」

と言葉を呑み込んだ磐音は、

(また今津屋に相談するしかないか)

と考えた。だが、そのことは二人に言わず、

「中居様はなんぞ他に申されなんだか」

と訊いた。

「格別、この一件にはございませんが」

と伝之丈は、奥歯にものの挟まったような言い方で言葉尻を濁した。

「どうしたな」

「いえ、坂崎様が、藩外に出た者がこれまでの行きがかり上、商いの場にいつまでも関わるのはよろしくないと申されたことを伝えますと、しばし沈黙なされた後に言われました」

「……坂崎磐音の悪い癖が出おったわ。そう杓子定規に考えずともよいではないか。奈緒どののことと言い、こたびの身の処し方と言い、中途半端じゃな」

「中途半端にございますか」

伝之丈が訊き返した。

「そうではないか。奈緒どののことも、頭で考えずにただ猪突猛進すればよかったのだ」

「中居様、行動するとはどういうことで」

秦之助が訊ねた。

「吉原に入る前に、奈緒どのを奪い去ってしまえばよかったではないか。そして、西国でも蝦夷《えぞ》でも逃げて二人の暮らしを立てればよかったのだ」

「それでは二人が無法者に落ちてしまいます」

「好き合った者同士の前になにが無法だ、そのようなことはどうでもよいことだ。坂崎はな、世の中の規範に囚《とら》われすぎて身動きがつかんのだ。そうではないか、伝之丈、秦之助。わが藩にたれが貢献しておるといって、坂崎磐音ほどの働きをしている者がいるか。藩物産所の企てといい、江戸への海産物運び込みといい、磐音がおらねば立ちゆかなかったものだ。藩の外に出た者だからこそ、家中の目など気にせず、堂々と商いに従事してくれればよいことだ。それがどれほど実高様のお心に適い、正睦様の助けになることか」

「中居様、生意気を申すようですが」

と伝之丈が言いだした。

「なんだ、伝之丈」

「坂崎様はすべてを承知の上で身を引かれたような気がします」

「さようなこと、分かっておるわ！」

と半蔵が怒鳴った。

「おれは、それが坂崎のいいところでもあり、気に入らぬところでもあると言うておるのだ」

「……そう叫ばれた中居半蔵様は、実に寂しそうなお顔にございました」

と伝之丈が説明を終えた。

磐音はしばし答えられなかった。

小女が味噌仕立ての猪鍋を持参して火にかけた。別の女が燗のついた徳利と猪口を持参した。

「坂崎様、今日はしばし豊後関前のこと、江戸の暮らしを忘れて飲まれませぬか」

と秦之助が猪口を磐音に持たせ、徳利を傾けた。

「時にすべてを忘れることも要るな。今がそのときのようだ」

と磐音は注がれた酒を黙って口に含んだ。

二

翌日、宮戸川の仕事を終えても磐音の体には酒が残っていた。

「旦那、だいぶきこし召したようだな」

松吉が鰻割きの合間に言ったほどだ。

「臭うか。つい我を忘れて飲みすぎたようだ」

若い伝之丈と秦之助と一緒になり、昼酒を飲んだ。

二人が磐音を金兵衛長屋に送り届けた刻限さえよく覚えていなかった。夜中に何度も水甕《みずがめ》から柄杓《ひしゃく》で水を飲んだ、それほど喉が渇いていた。

「まだ修行が足りぬな。当分禁酒だ」

と自らに言い聞かせるように呟いた磐音は、宮戸川の仕事帰りに立ち寄る六間湯でいつもの倍の時間をかけて湯に入り、酒気を抜いた。

途中で石榴口《ざくろぐち》を潜《くぐ》ってきた金兵衛が、

「おや、今日は真っ赤になるほど湯に浸かっておられますな」

「昨日飲み過ぎた酒を抜いているところですが、後悔先に立たず、惨めな心境でござる」

「坂崎さん、人は時に自分をいじめたくなるときがありますよ。そのようなときは素直に従うものです」

「それにしても醜態でござった」

とここでも反省の言葉を吐いた磐音は、最後に何杯も水を被ってようやく体内の酔いの残滓《ざんし》を洗い流した。

六間湯を出て、金兵衛と一緒に長屋の路地に戻ってきた磐音は、

「着替えをして出かけて参ります」

とどてらの金兵衛に言い残すと、下帯、襦袢を取り替え、外着の小袖《こそで》に帯を締めた。だが、袴は余りにも綻びが目立ち、いささか憚られた。

「致し方なし」

と自らに言い聞かせて、磐音は着流しの腰に備前長船長義と速水左近から頂戴した粟田口吉光の脇差を差した。

上がりかまちに置いてあった菅笠《すげがさ》を被ると長屋を出た。

六間堀沿いに竪川へと歩いていくと、二つの運河の合流部で客を下ろす猪牙舟が目についた。

「乗せてもらってよいか」

声をかけると老船頭が、

「へいっ、どうぞ」

と応じてくれた。

磐音は舟に乗り込むと、

「山谷堀まで行ってくれ」

「畏まりました」

と応じた船頭が、

「粋ですね、昼遊びとは」

「そう見えるか」

「違うので」

「野暮用でな、艶《つや》っぽい話ではない」

と磐音は苦笑いした。

「まあ、なんにしても、偶に水の上から世間様を見上げるのは気分が変わっていいものですぜ。なんであくせく働いているのかとか、あんなことこんなことに気を煩《わずら》わせてくよくよ悩むことが、馬鹿馬鹿しくなりますさあ」

「船頭どのはいつも水の上だ、心も晴れ晴れして悩みなどないか」

「気鬱《きうつ》なんぞ感じたことはないが、懐がままならなくて悩むことは年がら年中でさ。世の中、うまくいきませんや」

「いかぬな」

と答えた磐音の返事があまりにも真に迫っていたせいか、

「旦那の悩みを当ててみましょうか」

「船頭どのは八卦《はっけ》も見られるか」

「八卦というほどのものじゃねえや。舟を乗り降りする客の顔を長年見ていると、なんとなく迷いのある人間は分かるような気がするってだけでさ」

「占ってもらおう」

「吉原に野暮用だと言われたが、旦那の心配はやっぱり女だねえ。顔に出てますあ」

「女には変わりないが、今や高嶺の花だ」

「互いに話し合った末に、別々の道を歩むことになりましたかえ」

「運命の悪戯《いたずら》と言おうか、気が付いたら遠くに去っておった」

「そのお方のおられる場所は承知なんですね」

磐音は曖昧に頷いた。

老船頭はしばし口を噤んだ。

「好きな方は他人の持ち物になられましたか。そいつは困った」

「………」

返事をしない磐音に自分の考えが当たったと思ったか、

「諦めがなかなかつきませんかえ」

「天から授けられた境遇は受け入れたつもりだ。だが、まだまだ未熟ゆえ、時に無性に寂しくなる」

「それが人間でさ。色欲と一緒にしてはいけねえかもしれねえが、偉《えれ》えお坊さんにだって、死に際に怖さのあまり泣き叫ぶ人がいると聞いたことがありまさあ。悟ったようでなかなか悟りきれねえ。だから、人間、一生修行するんじゃございませんか」

「一生修行か」

「そう、女も修行、剣術も修行。下手《へた》に悟ったら万事が終わりだ。悩むからいいんでさ」

猪牙舟は大川を遡《さかのぼ》って山谷堀に入ろうとしていた。

今戸橋の向こうに船宿が櫛比《しっぴ》しているのが見えた。

船着場には昼遊びの客を乗せた猪牙舟が出入りしていた。

「どこでもよい、着けてくれ」

「あいよ」

老船頭が船着場の一角に舳先を着け、磐音は、

「よい話を聞かせてもろうた」

と舟賃がわりになにがしかの酒手を渡し、船着場に上がった。

「旦那、爺《じじい》の話を聞いてくれて有難うよ」

「元気で稼がれよ」

磐音は今戸橋へと上がり、日本堤を見返り柳の立つ五十間道《ごじっけんみち》へと歩いていった。

吉原の大門の右手から客の出入りを確かめる吉原会所、別名四郎兵衛会所の頭分四郎兵衛は、磐音の面会の申し込みに快く奥座敷に招じ上げてくれた。

「四郎兵衛どの、無沙汰をしております」

「なんの、坂崎様、無沙汰はお互いです」

「蘭医の桂川国瑞どのから、四郎兵衛どのが会いたいと申しておられると聞きま

した」

「私も、坂崎様に使いを立てようかどうしようか迷っておりました」

「なんぞ御用にございますか」

この場所で二人が御用というとき、白鶴太夫こと奈緒の件しかない。

四郎兵衛は奈緒が吉原に入った経緯のすべてを承知していた。そして、坂崎磐音が許婚《いいなずけ》であったことも知っていた。

「坂崎様のお手を煩わすことになりそうです」

「承知しました」

磐音は即答した。

「事情《わけ》も聞かれないのでございますか」

「桂川どのは髭の意休と申される方が関わっておられると話されましたが」

「さよう、意休様が騒ぎの発端です」

「桂川どのは意休どのが深見重左衛門という名であること、大名、旗本でもなく、豪商、豪農でもない。だが、吉原に通い詰める金子に困るお方ではないと申されました。いったい何者にございますか」

「意休様の正体を詮索するとなると、物事がちとややこしくなります。だが、意休様の出自《しゆつじ》がこたびの騒ぎに関わっていることも確か」

　四郎兵衛も奥歯にものの挟まったような言い方をした。

「桂川どのはまた、十八大通の暁雨どのと意休どのが諍いを起こしていることが騒ぎの因《もと》になっているようだと、匂わせておられました」

　磐音は問い方を変えた。

「坂崎様、まだるっこい話とお思いになりましょうが、我慢して聞いてくだされ」

「承知しました」

「そもそも意休様が、仲秋《ちゆうしゆう》八月十五日の月見の宵に白鶴太夫の座敷に上がられたことが騒ぎの始まりです。意休様は〝髭の〟と頭に付くように白髭を蓄えた年寄り、さらに容貌風体《ようぼうふうてい》も魁偉にございます。吉原では、全盛を誇る白鶴太夫がなぜ意休の座敷に応じたかと噂が流れたほどです。白鶴太夫ならば月見の宵に何十人もの客が白鶴太夫の頷くのを首を長くして待っておられるのです。それがよりによって髭の意休の座敷にというわけです」

　磐音は曖昧に頷いた。

　奈緒、いや白鶴太夫が応じたなら、その背景には、なにか理由があるはずだ、と磐音は思った。だが、そのことを口にはしなかった。

「吉原にはいくつもの習わしがございます。仲秋の月の宵に吉原に来た者は、後《のち》の月、すなわち九月十三日に吉原に戻ってくることを約束させられます。まあ、吉原の遊びといえば遊び、遊女の手練手管といえばそれまでです。吉原の決め事の一つ、客が破ると野暮な客として遊女に嫌われます」

「意休どのも後の月に白鶴太夫の座敷に見えられるのですね」

「はい」

と四郎兵衛は返事をして、煙管の雁首《がんくび》で煙草盆を引き寄せ、煙草に火を点《つ》けた。一服吸った四郎兵衛が、

「数日前、白鶴太夫の抱え主、丁子屋《ちょうじや》の宇右衛門《うえもん》さんが会所に相談に来ました。意休様が後の月の宵に白鶴太夫を紅葉狩りに招きたいと申し出られたというのです」

「紅葉狩りにございますか」

「さよう。吉原という二万七百余坪の籠の鳥も、金次第では遊里の外に連れ出す方法がなくもございません。たとえば遊女は、花見に里の外に出ることがございます……」

その習わしについて『吉原大全』には、

「当月のうち家々内証《ないしょ》花見とて、昼夜見世を引き女郎を遊ばする事なり。馴染《なじみ》の客いたりてともに遊ぶ」

とある。

「『籠の鳥花の上野へ放生会』などと古川柳に詠《よ》まれる遊女の花見です」

「意休どのは紅葉狩りに事寄せて、白鶴太夫を吉原の外に遊ばせようと考えられましたか」

「ということです」

と頷いた四郎兵衛は、

「無論、このような勝手は客に信頼がなければなりません。莫大《ばくだい》な金子が妓楼《ぎろう》の宇右衛門さんに支払われます」

「主《あるじ》どのは承諾なされたのですか」

「しますとも。一夜で何百両もの金子が懐に入ることですからな」

と答えた四郎兵衛は煙管を咥《くわ》えて煙草を吸い、煙草盆に灰をぽんぽんと落とした。

「昨日のことです。宇右衛門さんがまた会所に見えました」

「白鶴太夫が意休の誘いに乗り遊里の外に出て紅葉狩りに行くようであれば、白鶴太夫に危害を加える、という脅しの文が届けられたというのです」

磬音はようやく四郎兵衛の危惧《きぐ》を理解した。

「脅した人物に心当たりはあるのでしょうか」

「十八大通の暁雨様方が意休様の白鶴太夫紅葉狩り招待を快く思われていないのは確かでしょう。だが、暁雨ともあろう人物がそのような子供じみた脅しをなすかどうか、首を傾《かし》げるところです」

「他に心当たりはございますか」

「あるといえばある、ないといえばない」

四郎兵衛らしくもなく曖昧に返事した。

「ともあれ、遊里の外に出た白鶴太夫の警護まで、われら会所の目は届きません。後の月は吉原の書き入れ時の一夜、私どもは里に張り付いておらねばなりません。そこで坂崎様にお願いをいたす次第です」

「分かりました」

と応じた磬音は、

「ほう」

「後の月までには日にちもございます、いささか思案させてくださいませ」

四郎兵衛が肩の荷を下ろしたように小さな吐息をつき、頷き返した。


絵師北尾《きたお》重政《しげまさ》は浅草聖天町《しょうでんちょう》の裏長屋の画房に緋《ひ》縮緬《ぢりめん》の襦袢を肩脱ぎにさせた若い娘を座らせ、振り向いた姿を素描していた。

「失礼いたした」

開いていた戸口から見える光景に慌てた磐音は飛び下がった。

「おや、珍しい人が見えたよ。他の人ならこれ幸いと長屋に上がり込むのだが、坂崎さんでは無理だな」

と目敏く来訪者を磐音と察した北尾が、

「おかよちゃん、今日はここまでにしようか」

と娘に声をかけた。

磐音が木戸口で待っていると、十八歳くらいの娘が溝板《どぶいた》を踏んで姿を見せた。丸ぽちゃの愛らしい町娘だ。

「すまぬ、仕事の邪魔をさせたな」

「いいえ、助かりました。だって北尾様は、もう一枚もう一枚と切りがないんだから。いつまでも七面倒な格好させて筆を走らせてばかりじゃ、肩は凝るわ、足は攣《つ》るわで、息がつまりそうよ」

と答えたおかよは、

「今日はお侍さんが来たんで助かったわ。早く終わったもの」

と笑いかけた。すると八重歯が覗いた。

「でも変ね。仕事中はだれが来ようと怒鳴って追い返す北尾様が、今日はえらく機嫌がよかったわ」

と首を傾げ、

「まあ、いいか」

と言いながら磬音に手を振って、長屋の路地から通りへと出ていった。

「仕事の邪魔をして申し訳ござらん」

「坂崎さんは格別です」

と筆先を洗い桶で洗った北尾が、

「坂崎さんの用事を当ててみましょうか」

と笑った。

「もっとも、坂崎さんの関心はただの一人、白鶴太夫だもの、外れるわけもないか」

　と自分で問い、一人合点した。

「紅葉狩りの一件ですね」

「ただ今、四郎兵衛どのから話を伺いました」

「なにが知りたくて私のところに来られましたな」

「髭の意休と申される人物がどのようなお方か分かりませぬ」

「四郎兵衛様は申されなかったのですか」

「意休どのの出自がこたびの騒ぎの因であることは確かと申されましたが、それ以上は」

「口にされなかったか。そこにすべての謎が隠されているんですよ」

　と北尾重政は言った。

　磐音はなんのことか未だ理解がつかなかった。

「坂崎さんはご存じないかもしれません。妓楼の主の庄司勝富《しょうじかつとみ》と申される方が『増補洞房語園《どうぼうごえん》』と題する吉原の内幕を書いた小冊子を密かに上梓《じょうし》なされ、仲間内だけに配られました。その中に意休どのはこう記されてあります」

〈意休と云る《いはる》は、穢多にて有。有徳成《うとくなら》ぬゆへ侍にやつして吉原に入込《いりこみ》けるが後《のち》穢多成事知れて女郎屋より帰さんと色々にすれども怒《いかり》て不帰《かえらず》、此時暁雨居合《いあわせ》けるを頼《たのみ》たるに暁雨止事《とむること》を不聞《きかず》意休を手ごめにして帰しける。其《その》あらましを初代市川柏《はく》莚《えん》に真似さして狂言にせし也〉

髭の意休と暁雨の葛藤《かっとう》が、歌舞伎狂言『助六所縁江戸桜』の演じ方や内容に多大な影響を与えたというのだ。

『助六所縁江戸桜』の意休と助六の会話にみてみよう。

意休「……総じて男達《おとこだて》というものは、第一に、正道を守り、不義をせず、無礼をなさず、不理屈をいわず、意気地によって心を磨くを、まことの男達という。理非をわきまえず、ちょっくらをはたらく奴をば俠客《きおい》というかえ。廓に絶えぬが地廻りのぶうぶう……」

これが意休の考えだ。これに対して、

助六「兵道常ならず、敵によっては変化すとは三略の詞。相手によってあしらいが違う。きたって是非を説く人は是非の人。大きな面をひろぐ奴は足であしらう。無礼咎《とが》めをひろぐと、下駄でぶつ。ぶたれてぎしゃばると、ひっこ抜いて切る。これが男達の意気地だ」

これが十八大通の助六（暁雨）の生き方だ。

ぶつかって当然の両者であった。

磐音はしばし髭の意休に隠された意外な謎に黙り込んだ。

重政はさらに踏み込んだ。

「意休どのは不浄の者として虐げられし者たちの頭分、江戸弾左衛門《だんざえもん》様と同じ人物と申される方もあります。私にとってどうでもいいことですが、それが真実ならば、髭の意休どのは幕府から帯刀を許され、町奉行所に出られるときの行列は槍を担ぐことを認められた者。白鶴太夫を紅葉狩りに連れ出すくらいなんでもありますまい」

どうやら髭の意休は、虐げられし者たちの頭領、江戸弾左衛門の異名と思えた。とすると弾左衛門が代々受け継がれると同じく、髭の意休もまた時代時代に存在することになる。

「暁雨どのは意休どのの身分を蔑《さげす》んでおいでなのですか」

「勝富様の本によれば、確かにそのように見受けられます。ですが、吉原は身分を理由に排斥し締め出す決まり事はない。大門の通行手形はその昔から黄金色の小判だけです。丁子屋の旦那もそれに負けて白鶴太夫を紅葉狩りに出すことを応諾したのですからね。意休どのの懐が温かければ、大門を潜ることを止める手立てはだれにもありません」

「だが、諍いが起ころうとしている」

「人の心は狭きものです。なんとしても意休だけに大きな顔をさせたくないと考える仁がいても不思議ではない」

「北尾どの、意休どのが白鶴太夫を遊里の外に連れ出せば、白鶴太夫に危害を加えると、丁子屋宇右衛門どのに脅しの文が舞い込んでいるそうです」

「それで坂崎さんが会所に呼ばれましたか」

頷く磐音に、

「白鶴太夫に危害を加えると脅してはいますが、意休憎しが狙いです、こいつは確かだ。ひょっとしたら十八大通のだれか、あるいは別の人物か。坂崎さん、少し時を貸してください、調べてみます」

と北尾重政が請け合ってくれた。

「お願い申します」

礼を述べた磐音は浅草聖天町の長屋を出た。

三

北尾重政の長屋を後にした磐音は、御蔵前通りを辿って浅草御門から両国西広小路に着いた。

今津屋の分銅看板の下には今日も大勢の客が出入りしていた。

「おや、今日はどちらへ行かれましたな」

と目敏く磐音の姿を見付けた老分の由蔵が声をかけてきた。

「吉原に参り、四郎兵衛どのと北尾重政どのに会うてきました」

「奈緒様になんぞ異変がございましたか」

帳場格子のそばに磐音を呼んで由蔵が訊いた。

「いささか」

と答えた磐音は、掻い摘んで白鶴太夫の紅葉狩りの一件を告げた。

「髭の意休様がな」

「ご存じですか」

「世の中の噂程度しか存じません」

由蔵はあっさりと答えたのみで、この一件に深く関わろうとはしなかった。それを察した磐音は話題を転じた。

「本日は恐縮ながら、またまた老分どののお知恵を拝借に参りました」

磐音は豊後関前の二隻の帰り船に積む荷がないことを話した。

「過日、中居様がお立ち寄りになられて、坂崎様が藩の物産事業から手を引いて困ったと嘆いておられましたが、また引っ張り出されましたか」

「それがし、藩の外に出た者ゆえ、いつまでも関前藩の物産事業に携わるのはいかがかと思い、あのようなことを申しました。その気持ちになんら変わりはありません。ところが伝之丈と秦之助の二人が参り、国許からの荷は若狭屋どのの尽力でうまく捌けたと報告をくれた後、帰りの千石船の船倉が空だと申すのです。それがしにうまい知恵などございません。厚かましいとは思うたものの、今津屋どのしか相談の相手がござらぬゆえ伺いました」

と磐音は説明した。

「相談されれば自らの考えを引っ込めざるをえない、そこが坂崎様のよいところですな。だが、私の方にも先日の奥州屋のようなうまい話は転がっておりません。どうしたものか」

と由蔵が腕組みして考えた。すると隣から筆頭支配人の林蔵が、

「老分さん、話が耳に入りましてございます」

と顔を向けてきた。

「支配人、なんぞ考えがございますかな」

「浅野《あさの》家出入りの阿波屋さんにございますよ。春先の嵐で持ち船を何隻か失われましたな。阿波屋はもう駄目と一時は悪い評判が立ちましたが、若旦那が浅野家と荷主に頭を下げて回られ、残った船で奮闘し、再起に向けて頑張っておられます。船を失う前は千石船を何隻も満杯にされた廻船問屋、未だ浅野家の信頼も厚く、荷主は大勢ございます。私が耳にしたところでは、借上げ船で商いをされているると聞きました。ひょっとしたら、豊後関前の戻り船に、どこぞまで預かり荷を積めませぬかな。無論、大きな商いにはなりませんが、戻り船の経費くらいは出るのでは。空船よりはいくらかようございましょう」

「支配人、面白いところに目を付けられた。こたびは間に合わなくとも、次の機会にはなんとかなるやもしれませぬ」

と膝を叩いた由蔵が、

「善は急げです。坂崎様、参りましょう」

と帳場格子の中で立ち上がった。

「上方と江戸の海上運送に従事する廻船は、有名なものに菱垣《ひがき》廻船と樽《たる》廻船がございますな。これらは十組問屋、二十四組問屋などの仲間で管理されて運営されております」

今津屋を出た由蔵が言った。

「はい」

磐音もそれくらいは分かった。

「ですが、江戸に流入する物産すべてを菱垣廻船、樽廻船だけでは賄いきれません。そこに一つの抜け道が生まれた。西国の有力大名家には、藩の物産を運ぶという名目で、海に面した下屋敷に幕府公認の物揚げ場を持っておられるところがございます」

磐音は合点した。

そんな権利を所有するのは西国筋の大大名が多く、まかり間違っても豊後関前程度の藩には与えられない権益だった。

「時代が下るにつれ、頭のよい方がさらに抜け道を考え出されました。江戸下屋敷に物揚げ場を持つ大名家に廻船問屋や商人が寄り集い、この物揚げ場を利用して物を集散し、全国に運ぶという方法です。無論、幕府もこの抜け道は承知ですが、黙認しておられます。幕府も大名家も内所が苦しいのはお互いさまですからな。安芸《あき》広島藩の浅野様も、西本願寺近くの下屋敷で、物揚げ場の権利を利用して出入りの船問屋を定め、海運の商いを行われています。この出入り商人の権利は高値で取引されるほどです。阿波屋は浅野家出入りの廻船問屋でしたが、支配人が申すように春先に船を失いました」

磐音にもおよそのことが呑み込めた。

浅野家にも阿波屋にも今津屋は関わりがあるという。そんなことで林蔵が思いついた考えだった。

春先に持ち船を失ったという阿波屋は、鉄砲洲《てっぽうず》近くの船松河岸にあった。店の前が運河で、荷船が何隻も止まって船頭たちが荷を積み込んでいた。

「老分さん、船松河岸に女でも囲いなさったか」

船頭の中から声が飛んだ。

「若旦那、冗談はなしだ。おまえさんに相談があって足を運んだんですよ」

「天下の今津屋の老分さんの用事とあれば、うちから飛んでいきますぜ」

と言いながら船着場から上がってきたのは、歳の頃二十五、六か。船頭と同じお仕着せの法被《はっぴ》を着て、額に汗を光らせていた。

「坂崎様、阿波屋の若旦那の兼太郎《かねたろう》さんです」

と磐音に紹介した由蔵は、河岸にあった菰包《こもづつ》みに、

「どっこいしょ」

と腰を下ろし、手際よく用件を伝えた。

「ほう、豊後関前藩でそんな商いをねえ」

と素早く呑み込んだ兼太郎が、

「上がり船二隻の船倉が空ですかえ」

としばし考え、

「船出はいつですね」

と磐音に訊いた。

「荷さえあれば、何日かは待てると思います」

と答えた磐音は、当てのある話ならば藩物産所組頭《くみがしら》の中居半蔵をこちらに出向かせると付け加えた。

「旦那、雇い船賃は馬鹿にならねえや。それが半年に一度でも千石船の使える目《め》処《ど》が立てば、荷はなんぼでも用意できる」

「相分かった。こたびが駄目でも次に繋がる話ならば有難い」

「今津屋の老分さんが足を運ばれた一件だ。なんとかうちもかたちにしたい」

と兼太郎が請け合った。

磐音は頭を下げ、由蔵もほっと安堵の色を見せた。


今津屋に戻った磐音は、関前藩上屋敷の中居半蔵に宛てて、阿波屋の一件を書き述べ、文は小僧の宮松がすぐさま藩邸に届けてくれた。

宮松は磐音が今津屋にいる間に戻ってきた。

「坂崎様、中居様は私を待たせて文を読まれ、坂崎にこう言付けてくれとおっしゃいました。この足で阿波屋を訪ね、兼太郎どのと面会いたす。その話次第では、佃島沖の正徳丸ともう一隻には出帆を数日遅らせる、とのことでした」

「それはよかった」

「また中居様は、坂崎の心中を知りながら頼ることになって相すまぬ。そのうち、礼に行くと伝えてくれるよう言い添えられました」

磐音は黙って頷いた。

阿波屋の荷を委託された豊後関前藩の借上げ船二隻が江戸を出たのは、林蔵がその話を口にして七日目のことだった。

瓢簞《ひょうたん》から駒《こま》が出たような話が結実するには、浅野家と荷主が阿波屋を信頼し、仲立ちに今津屋が入ったことが大きかった。

だが、磐音は最初に由蔵と阿波屋を訪ねた以外、表面に出ることは一切なかった。


ゆるゆると時が進み、後の月がすぐそこへ迫っていた。

そんなある日、磐音が六間湯から長屋に戻ってくると、別府伝之丈と結城秦之助が猿子橋で待っていた。

「中居様の使いです。一献差し上げたいゆえ佃島までお連れしろとのことです」

二人は橋下に猪牙舟を待たせていた。

磐音は濡れ手拭いを長屋に置き、猪牙舟に乗った。

「お蔭さまで、戻り船にても商いになりました。礼を申します」

と伝之丈と秦之助が頭を下げた。

「それがしの力ではない。今津屋どのが動かれたお蔭だ」

と答えた磐音は、

「世の中は広いな。大名家が廻船問屋の真似事をなさっていようとは考えも及ばなかった」

「関前藩には幕府公認の物揚げ場なんてありませんからな。下屋敷、抱え屋敷が海や川に接して船着場をお持ちの大名は、二、三十万石以上の大大名ばかりです」

と秦之助が応じた。

その返答には調べた気配があった。

「正徳丸も、もう一隻の船の船頭以下、水夫まで阿波屋のお仕着せを着て、芸州広島藩の下屋敷の物揚げ場に船を着けたそうです」

「商いだ。それくらいは我慢するしかあるまいな」

六間堀から小名木《おなぎ》川、さらに大川を滑るように下った猪牙舟は、佃島の船着場に到着した。

半蔵が待っていたのは漁師鵜吉《うきち》と女房のおはるが開く魚料理の店だ。ここでは佃島に遊びに来た客を相手に、江戸前の魚と酒を出してくれた。

「おおっ、来てくれたか」

と半蔵が迎え、すぐに酒と魚が運ばれてきた。

「磐音、そなたのお蔭でこたびも戻り船を空で戻すことなく済んだ。礼を言うぞ」

と頭を下げる半蔵に、

「この二人にも申しましたが、こたびの一件は阿波屋どのと今津屋どのの関わりがあったればこそ」

「いや、違うな。阿波屋の兼太郎どのに会い、話を詰めていく間に、それがしは得心した。大名家の物揚げ場商いは、出入りの商人と相対が原則だ。それこそが、かような大名の廻船業を隠密《おんみつ》に続けてこられた理由《わけ》でもある。そこへ、われらのような小藩の借上げ船が入り込める余地は全くない。今津屋が、浅野家と阿波屋の双方に関わりがあればこそできた芸当だ」

磐音が頷いた。

「だがな、当の今津屋を動かしたのはそなた、坂崎磐音なのだ。これはかりは間違いない。だが、藩の大半の者はそのようなことに気付こうともしない」

半蔵は腹立たしげに吐き捨てた。

その口調に、磐音は藩を出た自分への反発があることを察した。やはり磐音の判断は正しかったのだ。

「当然のことでございます、中居様」

と答えた磬音は、

「お疲れさまにございました」

と中居の働きを労った。

「まずまずの商いもなった。今日は藩のことはしばし忘れて飲むとするか」

「はい、頂戴します」


磬音は猪牙舟を新大橋際で降り、中居半蔵ら三人が大川の左岸から右岸へと向かうのを見送った。

刻限は六つ半（午後七時）過ぎか。

六間堀に入り、猿子橋に別の人影があった。

浮世絵師北尾重政だ。

「おおっ、相すまぬことです。お待たせしたようだ」

「なあに、散策代わりに足を伸ばしただけです。すでにお酒は召し上がっておられるようだ。酔い覚ましに、両国橋の東詰までそぞろ歩きしませんか」

と浮世絵師が誘った。

「承知しました」

二人は六間堀沿いに肩を並べて竪川へと向かった。

「坂崎さんは北之橋詰の宮戸川で鰻割きの仕事をなさっておられるのでしたね」

「深川暮らしを始めたときからの仕事です」

「近頃、吉原の内外で宮戸川の評判がよくてね、宮戸川の鰻を食すと夏の疲れも吹き飛ぶ。女郎買いの前などは格別だと、不心得なことを言う者まで現れる始末です」

「鉄五郎親方に聞かせたら大喜びしますよ」

と答えた磐音は、

「北尾どの、近いうち、お誘いします。宮戸川の鰻を食してください」

「そいつは有難い。後の月が終わった頃に誘ってください」

と北尾が答え、用件に入った。

「白鶴太夫を髭の意休どのが吉原の外に紅葉狩りに連れ出す話、本決まりになりました。意休どのが丁子屋の宇右衛門様に申し出られた紅葉狩りの行き先は、表向きは竜泉寺町の正燈寺《しょうとうじ》です」

「竜泉寺町ですか。吉原の裏手ですね」

「ご存じですか」

「いえ、そんな町があったというくらいのうろ覚えです」

「紅葉狩りといえば、品川の東海禅寺、海晏寺《かいあんじ》辺りでしょう。だが、最近、臨済《りんざい》宗東陽山正燈寺の人気が上がりましてね、境内《けいだい》三千坪は見物だそうです」

『江戸名所花暦』に曰く、

〈竜泉寺町、当寺もみぢの名所にして、高雄の苗をうゆる、近き頃はみだりに見物を許さず、しかりと雖《いえど》も、遊客庭中に入ると雖も、敢へてまた咎むることもなし。ただ掃除のとどかざるをはづると見えたり。明和安永の頃は、楓《もみじ》とだにいへば人々正燈寺と心得たる程に盛なりしとぞ〉

とあった。

だが、北尾は、表向きはと言った。

「まあ、遊里の外に連れ出すのに遠くもなんだというので、意休どのは正燈寺を行き先に上げられたのでしょう、それに白鶴太夫になんぞあってもいけないと、そんな噂を流されたのかもしれない。だが、ほんとうの紅葉狩りは、今戸橋から屋根船を仕立てて、大川の上流に向かい、隅田村の鐘《かね》ヶ淵《ふち》の岸にある紅葉を見物する趣向のようです」

「鐘ヶ淵にも紅葉の名所があるのですか」

北尾も首を横に振って、

「私も初めて聞きました」

と答えた。

「宇右衛門どのも同行されるのですか」

「太夫の紅葉狩りです、振袖新造《ふりそでしんぞう》から禿《かむろ》まで格式を整えます。無論、妓楼の主は同行します。大門を出る刻限は七つ（午後四時）と聞きました」

「承知しました」

二人はすでに竪川にかかり、大川の合流部へと辿っていた。

北尾が不意に言った。

「坂崎さん、髭の意休どのを毛嫌いしている人物がおりました」

「どなたですか」

「十八大通の一人に大口屋八兵衛《はちべえ》こと金翠《きんすい》と異名をとる方がおられます。この人物、大口屋暁雨どのが今助六といわれることをよいことに、白鶴太夫を揚巻に見立て、自らを敵役の髭の意休と気取っておられます。この人物が、本物の髭の意休どのの白鶴太夫の連れ出しに憤怒しているとか」

「髭の意休どのに髭の意休どのが怒っておられるのですか」

「おのれ、身の程知らずの意休め、この金翠が懲らしめんと、仲間に吹聴しているそうです」

「吹聴だけならばよいのだが」

「この金翠意休、江戸の古町町人で、御城近くの角屋敷に住んでおります。この屋敷に手練《てだ》れの剣客を集めたそうです」

「とすると、この金翠意休どのが髭の意休どのを襲うと見てよろしいですか」

「まず間違いないでしょう。というのも、白鶴太夫と関わりがありました」

「その関わりとはどのようなことであろうか」

二人は竪川の西の端、一ッ目之橋を渡った。

風の具合か、両国東広小路のざわめきが聞こえてきた。

「金翠どのは、つい最近、白鶴太夫を座敷に呼ぼうとして、外八文字を踏む引手《ひきて》茶屋《ぢゃや》から丁子屋まで山吹色の道を設けると申し出たそうな。それを白鶴太夫が、『人を活かしも殺しもする小判ゆえに、小判に悲嘆し、小判に雀躍《じゃくやく》いたします。それを足下に踏んで遊女を歩かせようという御仁の座敷には顔を出しとうございません』と断りなされたとか」

「それで金翠意休どのは白鶴太夫に恨みを持たれたか」

「どうやらそのようです」

二人はすでに東広小路の雑踏を視界においていた。

「私の話はそれだけです」

北尾重政が、見送りはここまででいいというふうに足を止めた。

「吉原雀《すずめ》の話には真偽諸々ございます」

「調べてみます」

と磐音は言った。

「宮戸川の鰻、楽しみにしています」

「お誘いに参ります」

二人は両国東広小路の南側で別れ、北尾の細い背中はたちまち雑踏の中に没していった。

四

今戸橋際山川町の船宿栄屋の船着場から、二隻の屋根船が静かに離れた。

一隻は髭の意休と白鶴太夫ら女衆《おんなし》を乗せた船、もう一隻は料理人や男衆が乗り組んだ船で、料理や酒を頃合いの刻限に太夫の船に運ぶためのものだ。

秋の夕暮れが訪れようとする七つ半（午後五時）の刻限だ。

紅葉船が出る様子を、吉原通いの遊客たちが橋の上から溜息混じりに眺めていた。

「今を全盛の白鶴太夫を独り占めにしようってやつはどこのどいつだい」

「知らねえのか。髭の意休様って年寄りだ」

「髭の意休だと。十八大通の金翠意休か、それとも浅草のほうか」

「無論、江戸弾左衛門様の意休よ」

「なんにしても豪勢な話だぜ」

「そいつがよ、振られた金翠意休が、ほんものの髭の意休と白鶴太夫に恨みを持ってるって噂だぜ。何事もなく戻ってくればいいがねえ」

太夫の一行を乗せた屋根船に一斉に灯りが点り、加賀《かが》の職人が長い年月かけて織り、染め上げた、楓に流水模様の加賀友禅《ゆうぜん》を気品を漂わせて着込んだ白鶴太夫が、薄い夕暮れに浮かんだ。

そのかたわらには、ざっくりとした銀色の打掛けを羽織った髭の意休が悠然と座して、大きな銀煙管で煙草をくゆらせていた。

「俗に美男美女というが、美女と妖怪といった取り合わせだぜ」

「白鶴太夫が可哀想《かわいそう》だねえ」

「馬鹿言っちゃいけねえや。白鶴太夫は年格好に惚れねえところがいいのさ。意休の遊び心に惚れたとよ」

「金翠意休だって、遊び心は持ち合わせていただろうに」

「こっちは魂胆《こんたん》が見え隠れしてらあ。十八大通の金翠はまだ青いねえ」

日本堤、橋の上、すれ違う猪牙舟から吐息が洩れ、それが静かなどよめきになって、山谷堀から大川へと広がっていった。そして、その吐息の間から好き勝手な意見が聞かれた。

屋根船は浅草川と呼ばれる大川へと出た。

三味線の調べが流れてきた。

むろん清掻《すががき》だ。

張見世が始まるときに弦を掻き鳴らす三味の調べ、それはまた歌舞伎『助六所縁江戸桜』で揚巻が花道を歩くときに華やかに弾かれるものだ。

薄暮に浮かぶ白鶴太夫の匂い立つ美しさを、清掻の音が別世界の絵巻物のように仕立て上げた。

「なんだか吉原に行くのが嫌になったぜ」

「とはいえおめえをさ、羅生門《らしようもん》河岸のおかめ女郎がお待ちかねだぜ」

「くそっ、大門を潜ろうってのに、こんな惨めな気持ちになったのは初めてだ」

「どうだい、そこいらで一杯引っ掛けていかねえか」

「酒の酔いで気を紛らすか」

「飲もう飲もう」

白鶴太夫一行を乗せた屋根船が舳先を上流へと向けた。

その後を一隻の猪牙舟が間をおいてゆっくりと従った。

磐音一人を乗せた舟の船頭は柳橋近くの船宿川清の小吉だ。

小吉は磐音が白鶴太夫と許婚であったことなど知らなかった。だが、磐音の態度を見て、

「ただの御用」

ではなさそうだと判断した。だから、白鶴太夫についてなにか問いを発しようとはしなかった。

「大川の上流に紅葉の名所がございましたかねえ」

「髭の意休どのが考えられたことだ。どのような趣向が待ち受けているか」

磬音の答えだった。

白鶴太夫の船の清搔の調べが陽気な俗曲に変わっていた。

磬音は眼差しを白鶴太夫の船に預けながら、数日前に桂川国瑞から届いた文の内容を思い出していた。

国瑞は、白鶴太夫に危害を加えようと企んでいる者が仲間の金翠こと大口屋八兵衛らしいことを知らせ、

「……金翠どのは苗字帯刀を許された古町町人、剣術が道楽とか。なんでも当人は四兼《しけん》流の麹町道場赤間覚之助《あかまかくのすけ》より目録とか皆伝とかを得た腕前と、仲間内に自慢なされしとか。但し私の見るところ棒振り剣法に御座候。だが、注意なされよ、赤間覚之助どのは、天《てん》流、念《ねん》流、眼《がん》流、神陰《しんかげ》流の四流の奥義《おうぎ》を極め、よって四兼流を創始した屋崎隼人豊宜《やさきはやととよよし》様の再来と噂されている豪の者にて、もし金翠どのが頼ると致さば、この赤間覚之助ならんと危惧致し候……」

金翠の企みを手助けする剣術家が師匠の赤間覚之助ならば、容易ならざる戦いになると予測された。

屋根船は優雅にも暮色の大川を上流へ上流へと遡行《そこう》し、大川が荒川と名を変え

て大きく左手へ湾曲する辺りへとゆっくり接近していった。

その北側には新綾瀬川、古綾瀬川がより合わさって荒川へと流れ込み、その界隈で流れが大きく膨らんで、小さな湖面の趣を呈していた。

千住村、隅田村に囲まれた水域を、里では鐘ヶ淵と呼び習わした。何本もの川が流れ込み、複雑な地形と水流ゆえに土地の人も、

「鐘ヶ淵を甘く見てはならねえ」

と言い交わしていた。それだけに鄙びた風情を漂わす場所で、風流人が隠棲の場所として別邸を構えたりしていた。

灯りを点した二隻の屋根船が荒川から鐘ヶ淵に入り込むと、遠くの岸辺に篝火《かがりび》が焚《た》かれているのが見えた。

男衆の乗る屋根船の屋根の上に幇間《ほうかん》が姿を見せた。

「一本目には池の松、二本目には庭の松、三本目には下り松……」

松尽くしの調べが響いた。

一本歯の下駄を片足だけ履いた幇間は、三味と歌に合わせて、松を描いた扇を一本また一本と広げていき、二十五、六本の扇で老松模様を演出する芸を披露《ひろう》しようとしていた。

揺れる船の屋根の上に一本足の下駄で立ち、両手と頭にかたちよく扇を持って松尽くしを見せようという芸である。

左右に大きく広げられた扇がかたちよく老松の枝振りを表わし、白鶴太夫の船から禿たちの拍手が起こった。

その瞬間、屋根船の上の幇間が演じた老松が一陣の風に煽《あお》られたように枝を閉じ、幇間も闇に姿を溶かし込むと、岸辺の篝火に浮かび上がった紅葉が生み出す錦秋の光景が目に飛び込んできた。

十数本の見事な枝振りと色彩の紅葉が鐘ヶ淵の岸辺を彩って、篝火に浮かび上がる光景は、幻想とも夢幻とも思えるものだった。

鐘ヶ淵の複雑な水流から薄く靄《もや》が這《は》い上がり、紅葉の錦に絡み合い、流れ漂っていった。

「ふーうっ」

磐音はつい御用を忘れて吐息をついた。

松尽くしの幇間芸は、この錦秋の紅葉を映えさせるための演出だったのか。

やんやの喝采の中、白鶴太夫の乗る屋根船は篝火に燃え上がった紅葉の岸に横付けされた。

そこには毛氈《もうせん》が敷かれ、幔幕《まんまく》が張り巡らされた紅葉狩りの席が設けられていた。

「驚きましたぜ」

小吉が猪牙舟を、屋根船から半丁ほど離れた芒《すすき》の陰に舫《もや》いながら、嘆声を洩らした。

「ありゃ、今夜のために、京の高雄辺りから大勢の人足を雇い、千石船で運び込んだ紅葉ですぜ。金勘定をするのも野暮だが、一目千両の錦になることは請け合いだ」

「驚いたな」

磐音も正直に答えた。

「坂崎様、髭の意休がだれかご存じでございますね」

「噂程度には承知しておる」

「徳川幕府は、公方様を頂にして裾野《すその》を広げた富士のお山のような世界だ。わっしら船頭は、一合目か、せいぜい二合目でうろちょろしているが、下には下の暮らしがあるそうな」

小吉の話を磐音は黙って聞いた。

「逆さ富士といって、湖面にほんものの富士が逆さに映ることがありますが、これといっしょで、徳川様の身分と同じ制度がもう一つ、わっしらの目から隠れているそうですぜ。その闇の頭が髭の意休様、その世界では江戸弾左衛門、あるいは浅草弾左衛門様と呼ばれるお方だ。京から頃合いの紅葉を十数本、移し替えるくらいは、朝飯前の芸当かもしれませんねえ」

小吉はいつでも竿や櫓を操れる体勢で座しながら、

「それにしても今を盛りの白鶴太夫があの異形《いぎよう》の意休の誘いに乗ったとは驚きですぜ。白鶴太夫と一夜を過ごせるとなれば、千両万両を積もうという大名やお大尽を袖にしてのことですからな」

磐音は奈緒の、いや白鶴太夫の心中を慮《おもんぱか》っていた。

大名や金持ちの、虚栄の陰に見え隠れする建前と本音に、白鶴太夫は嫌気がさしたのではないか。武家の世の中など実に脆《もろ》いことを、豊後関前藩の騒ぎで身に染みて知った奈緒であった。

それに比べ、虐げられた人々を束ねる髭の意休は、虐げられし者ゆえの、建前などない本気の考えの持ち主ではないか。

そんな勝手な憶測をした。

岸辺では屋根船から下りた髭の意休と白鶴太夫の一行が紅葉を愛《め》でながら、歌を詠む光景が見られた。

秋の夜の深まりとともに、紅葉狩りの白鶴太夫ら女たちが、吉原の決まりから解放されて素直な笑いを響かせることがあった。

髭の意休の気配りは白鶴太夫ばかりか、振袖新造や禿、時には妓楼の主の宇右衛門や遣り手にまで及ぶ気配があった。

和やかな時がゆるゆると過ぎていった。

小吉が、

「坂崎様」

と注意を喚起した。

磐音も、灯火も点さない船が鐘ヶ淵に入ってきたことに気付いていた。

「どうしたもので」

「小吉どの、それがしを岸に上げたら、男衆の屋根船に、紅葉狩りの幕引きの刻限だと告げてくれぬか。あとは髭の意休どのが承知だ」

磐音は吉原会所の四郎兵衛を通じて、意休に文を差し出していた。それは紅葉狩りの最中、不測の事態が生じるようならば早々に紅葉狩りの場から引き上げることを願うものだった。

髭の意休が、身許不詳の者が差し出した文に従うかどうか分からなかった。

「合点です」

小吉が素早く猪牙舟の舫い綱を解き、竿を使うと磐音を岸に上げ、舟の向きを変えた。

磐音は江戸弾左衛門ならば白鶴太夫を危険な目から救う処置を講じて、紅葉狩りに出てきたはずだと確信していた。それを信じて、幔幕が張られた鐘ヶ淵の岸の宴の席に近付いた。

小吉の知らせに、男衆を乗せた船に動きが見えた。松尽くしを演じた幇間が髭の意休のもとに行き、何事か耳打ちした。

意休が静かに、だが、厳然たる命を発した。

鐘ヶ淵の紅葉狩りの宴から一つ二つと篝火が消され、闇に変わった世界で女衆が動いた。だが、最後まで灯りが点されていたのは、髭の意休と白鶴太夫の二人の席だった。

二人は、丁子屋の遊女たちや妓楼の主が屋根船へと乗り込んだ後も、悠然と酒を酌み交わしていた。

男衆の乗る船は、遊女たちの屋根船を護衛するように態勢を整えていた。料理人も帮間も江戸弾左衛門の配下たちだった。

白鶴太夫の口から笑い声が起こった。

なにか冗談でも意休が告げたのか。

笑い声が消えぬ間に二人を照らす灯りが消え、一瞬、鐘ヶ淵は暗黒の世界に包まれた。

静寂の中、侵入者の船の立てる忙《せわ》しげな櫓の音だけが、闇に消えた宴の席に急接近してきた。

再び灯りが点った。

すると髭の意休に酒を注ぐ白鶴太夫の背が、侵入者の船の男たちの目に映じた。

「江戸弾左衛門、身の程を弁《わきま》えよ！」

金翠こと大口屋八兵衛の喚き声が鐘ヶ淵に響き渡った。

白鶴太夫はその声に怯《おび》えたか、背を丸めて毛氈に伏した。だが、髭の意休は杯を片手にした堂々とした態度で、

「これは十八大通の金翠様ではございませぬか。無粋な騒ぎはまたにして、ご一緒に酒などといかがにございますな」

「おのれの如き、不浄の者と酒席が一緒できるか。その増上慢、金翠が懲らしめ

てくれん！」

船の舳先が宴の岸へと乗り上げて止まった。

船の真ん中から金翠が立ち上がった。

十八大通特有の、刷毛《はけ》先を短く、中剃《なかぞ》りを広くとった蔵前本多髷《ほんだまげ》の下に、赤ら顔があった。

大黒紋を加賀染めにしたざっくりとした小袖を纏《まと》い、鮫鞘《さめざや》の脇差ばかりか太刀も差し落としていた。

金翠の前後に五人ほどの剣客が控えていた。

麴町に四兼流の道場を構えるという赤間覚之助とその一統であろう。

「白鶴、ようもこの金翠に恥をかかせたな。そなたの身を鐘ケ淵の流れに投げ込み、許しを乞うまで船で引き回してくれん！」

打掛けを羽織った白鶴太夫の背が小刻みに揺れ動いていた。

金翠は恐怖に慄《おのの》く姿と見て、

「今頃になって怖うなり、この金翠に哀願しても遅いわ！」

一段と胴間声を張り上げた。

その瞬間、打掛けが虚空に跳ね上がった。すると打掛けの下の白鶴太夫と思えた者は、金翠が見知らぬ青年武士に掏《す》り替わっていた。

「十八大通の本義は伊達振りと粋と聞き及んでおります。他人様の紅葉狩りの場に乱入するなど無粋の極みにございます」

「おのれ、なにものか。意休、この金翠を謀《はか》ったな、許せぬ」

金翠が船から岸辺に飛んだ。

金翠だけに上陸させてはならじとばかりに、船から武芸者たちが飛び移った。

だが、一人だけ悠然と船に座したままの武士がいた。

仙台平《せんだいひら》の羽織袴姿の赤間覚之助だ。

「意休、待っておれ。こやつを叩き斬った後に懲らしめてくれん！」

と喚いた金翠が太刀を抜くと、いきなり磐音に飛びかかるように斬りかかってきた。

素人《しろうと》の生兵法《なまびょうほう》である。

磐音が、
すいっ
と刃の下に身を沈み込ませると、刀を握った腕を素早く抱え込み、腰に乗せて投げ飛ばした。

一瞬の早業に大きな弧を描いて、金翠が鐘ヶ淵の水辺に顔から突っ込んで派手に水飛沫《みずしぶき》を上げた。

「おのれ！」

四人の武芸者たちが、

「不覚をとった」

とばかりに一斉に剣を抜き連れ、長身の若者が抜き打ちに磐音の胴を薙《な》ごうとした。

磐音は包平《かねひら》二尺七寸を峰に返して胴打ちに擦り合わせていた。

その瞬間、必殺の胴打ちの力が殺《そ》がれ、真綿に包《くる》まれたか、膠《にかわ》に絡め取られたか、身動きがつかなくなっていた。

「くそっ」

両手に力を込めて引き剝がし、間合いをとろうとしたが、剣の動きを悠然と止めていた相手の力がふいに掻き消えて、後ろ下がりに、
たったったた
とよろめき下がった。

その腰砕けの若者の肩口に、間合いを詰めた磐音の包平が落とされ、

どどっ
とばかりに倒れた。

磐音の左右から同時に攻撃が加えられた。

磐音は左手の八双からの撃ち込みを弾くと、今一人後詰《ごづめ》に控えていた武芸者の前に飛び込み、不意を衝いて胴を強《したた》かに叩き転がしていた。

さらに反転した磐音が二人の間に自ら割って入るように滑り込むと、包平が優雅な軌跡を左右に描き分けた。

四人の剣客ことごとくが紅葉狩りの岸辺に転がっていた。

磐音は船の中の赤間覚之助の動きを気にしつつ、飛び下がって構えを立て直した。

船中では赤間が羽織を脱ぎ、大刀の下げ緒を解くと、きりきりと襷《たすき》にかけた。

その挙動は赤間の四兼流が並みのものではないことを示していた。

「赤間先生、こやつを叩き斬ってください。褒賞は望み次第だ！」

船頭から艫に引き上げられた金翠が喚いた。

だが、赤間は一顧だにしなかった。

ゆったりとした動作で船から岸辺に上がり、草履裏を岸辺の土に馴染ませた。

「そなた、流儀と名は」

「直心影流、坂崎磐音」

磐音の声は、岸辺にいる者の耳にかろうじて届くほどに低かった。

「四兼流、赤間覚之助矩鉦《のりかね》。そなたに遺恨はない。だが、これも浮世の義理にござれば、その命頂戴いたす」

こちらも低声《こごえ》で自信に満ちていた。

白鶴太夫を乗せた屋根船は戦いの場から遠く離れた鐘ヶ淵の真ん中にいて、戦いを凝視していた。

小吉の猪牙舟も屋根船のかたわらに従っていた。

磐音は峰に返した包平の刃を戻した。峰打ちなどで応じられる相手ではなかった。真剣で応じても勝ちを得ることができるかどうか。

京の高雄辺りからこの一夜のために運ばれてきた紅葉が一陣の風にはらはらと散った。

赤間と磐音はほぼ二間の間合いで対峙していた。

構えは相正眼だ。

幔幕を背負っているのは磐音で、水を背にしているのは赤間だ。

磐音が立つ場所から赤間が右足を軽く踏み込んで構える岸へは、なだらかに下っていた。

（一撃、ただの一撃）

力が拮抗した両者は一撃で勝負がつくことを悟っていた。

赤間の背から川風が岸へと吹き上げ、紅葉が再び戦いの場に散った。

「参る」

その声を岸辺に残して、赤間が剣を引き付けつつ殺到してきた。

迷いなき剣は磐音の右肩に振り下ろされた。

後の先。

磐音は一拍遅れて踏み込み、包平が赤間の左の肩へと斬り込まれた。

果敢な斬撃《ざんげき》はほぼ同時と思えた。

立つ位置の起伏が、攻撃の勢いに微妙に影響を与えた。

岸から這い上がってきた赤間より一拍遅れて飛んだ磐音の勢いが勝った。

ええいっ！

磐音の腹から絞り出された気合いが鐘ヶ淵に響き渡った。

包平二尺七寸が一瞬早く赤間の肩を袈裟に割り、ぐらつかせた。

赤間の刃は力を失い、磐音の肩すれすれの虚空を空しく落ちた。

包平は赤間の肩口に斬り込まれたままだった。

「おのれっ」

赤間の口から言葉が絞り出された。

その直後、両者は飛び離れていた。

磐音は腰を沈めるように着地し、二撃目の構えをとった。

赤間もまた腰を沈めて踏ん張ろうとしたが踏ん張りきれず、尻餅をつくように、
どどっ
と倒れ込んでいった。

赤間の五体が痙攣し、ぱたりと止まった。

勝負は決着をみた。

髭の意休の手にした杯の酒が零《こぼ》れた。酒器が傾いていたことも忘れて勝負に見入っていた。

「なんとも見事な剣捌きかな」

という嘆声が洩れた。

「赤間道場の方々、師匠を船に運ばれ、引き上げられよ」

磐音の峰打ちに転がされた面々が、師匠の亡骸《なきがら》を、金翠が虚脱する船に黙々と乗せた。

「金翠どのに申し上げる。赤間覚之助どのの菩提を丁重に弔うてくだされ。もしないがしろになさるならば、鐘ヶ淵の狼藉《ろうぜき》、江戸じゅうに広め申す。よろしゅうござるな」

金翠から返事はなかった。

船がするすると紅葉の岸辺を離れた。

それに代わって小吉の猪牙舟が紅葉狩りの岸へと到着した。

髭の意休を、白鶴太夫が待つ屋根船へと運ぶためだ。

磐音は白鶴の打掛けを意休に渡そうとした。すると小吉が、

「白鶴太夫の言伝《ことづて》にございます。『たれかは知らねど危うきところをお助けいただき、感謝の言葉もございません。白鶴のお礼の気持ちの打掛け、納めてくださりませ』とのことにございました」

と言った。

「坂崎様、意休からもお願い申します。どうか白鶴太夫の志を受けてくだされ」

意休が小吉の猪牙舟に乗り込み、鐘ヶ淵と大川の合流部に待ち受ける屋根船へ

と運んでいった。

磐音は、白鶴太夫の香が残る打掛けを片手に、紅葉の岸辺に黙然と立ち尽くしていた。

本書の無断複写は著作権法上での例外を除き禁じられています。
また、私的使用以外のいかなる電子的複製行為も一切認められておりません。

文春文庫

定価はカバーに
表示してあります

無《む》月《げつ》ノ橋《はし》
居眠《いねむ》り磐音《いわね》（十一）決定版《けっていばん》

2019年7月10日　第1刷

著　者　佐伯《さえき》泰英《やすひで》
発行者　花田朋子
発行所　株式会社　文藝春秋

東京都千代田区紀尾井町 3-23　〒102-8008
TEL　03・3265・1211(代)
文藝春秋ホームページ　http://www.bunshun.co.jp

落丁、乱丁本は、お手数ですが小社製作部宛お送り下さい。送料小社負担でお取替致します。

印刷製本・凸版印刷　Printed in Japan
ISBN978-4-16-791318-2

文春文庫　最新刊

旅仕舞 新・酔いどれ小籐次（十四）　佐伯泰英
残忍な押込みを働く一味が江戸に潜入。久慈屋危うし!?

四月になれば彼女は　川村元気
大学時代の恋人から届いた手紙―ベストセラー恋愛小説

私の消滅　中村文則
不穏な文章から始まる手記が導く先は、狂気か救済か

刑事学校Ⅱ 愚犯　矢月秀作
不良グループの捜査から浮かぶ犯罪者。警察アクション

会津執権の栄誉　佐藤巖太郎
東北の名家、芦名の存亡―本屋が選ぶ時代小説大賞受賞

I love letter アイラブレター　あさのあつこ
文通会社で働き始めた岳彦。厄介事には手紙で立ち向え

デブを捨てに　平山夢明
〝デブ〟を選んだ借金まみれの俺は。奇才の痛快な短編集

横浜1963　伊東潤
東京五輪の前年に横浜で殺人事件が発生。社会派ミステリ

お騒がせロボット営業部！　辻堂ゆめ
残念ロボットが事件の犯人にされて…ユーモアミステリ

国語、数学、理科、漂流　青柳碧人
中三の塾合宿で不穏な雰囲気に。ついに行方不明者が…

火盗改しノ字組（三）**生か死か**　坂岡真
凶賊・葵蜥蜴の尻尾が掴めない。火盗改の伊刈に危機が

朝虹《あさにじ》ノ島 居眠り磐音（十）決定版　佐伯泰英
今津屋の石切場巡見に同行した磐音。悪徳役人の正体は

無月《むげつ》ノ橋 居眠り磐音（十一）決定版　佐伯泰英
徳川家に不吉をもたらす妖刀が、磐音にも災厄を呼ぶ!?

ディック・ブルーナ ミッフィーと歩いた60年　森本俊司
ブルーナに直接取材、素顔に迫る本格評伝。カラー多数

『罪と罰』を読まない　岸本佐知子　吉田篤弘　三浦しをん　吉田浩美
未読者達の前代未聞の読書会。『罪罰』を愛せるのか？

斜め下からカープ論　オギリマサホ
独自の分析と考察。カープ愛溢れるイラスト&エッセイ

清原和博への告白 甲子園13本塁打の真実　鈴木忠平
甲子園で清原に本塁打を打たれた投手達が語る、あの時

皇后雅子さま物語　友納尚子
雅子さまはどう笑顔を取り戻されたのか―新皇后の肖像

赤毛のアン　L・M・モンゴメリ　松本侑子訳
大人の文学、日本初の全文訳。巻末訳註付の決定版！

シネマ・コミック18 **風立ちぬ**　原作・脚本・監督　宮崎駿
飛行機設計者・堀越二郎をモデルに生涯を描いた話題作